DE GEUR VAN ROESTIG IJZER

Eerder verschenen in de Kidsbibliotheek:
  Het Hercynische Woud
  Kus

Omslagillustratie: Noëlle Smit
© Harm de Jonge en *KidsWeek/de Lemniscaatkrant,* 2005
ISBN 90 5637 721 3
Begeleiding en redactie *Kidsbibliotheek*:
Dorine Louwerens, Heemstede
Dorine.louwerens@deboekenmaker.nl

Ontwerp en productiebegeleiding: Lemniscaat, Rotterdam
Druk- en bindwerk: Koninklijke Wöhrmann, Zutphen

Harm de Jonge

De geur van roestig ijzer

KIDSBIBLIOTHEEK

Voor dit boek heb ik met verschillende
mensen gepraat. In het bijzonder bedank ik
Emine Yıldız en Tansu Tekin en haar familie.
Zij zijn in Turkije geboren en hebben me veel
verteld van hun dorpen in Anatolië.

Inhoud

1. *Ik droom dat je er vanavond bent, pap!*

'Vertel me alles, Joeri,' zeg je zachtjes. 'Doe maar net alsof ik niet je vader ben. Ik ben een vreemde, ik weet van niks.'

Het is nog warm en er is geen zuchtje wind. Ik heb het raam wijd opengezet. Aan de andere kant van het kanaal verbrandt een boer oud hooi. De rook stijgt recht omhoog. Toch ruik ik op mijn kamer de scherpe brandgeur. Bij Osman Ockers' Sloop- en Recyclingbedrijven B.V. is het hek dicht. Het is daar anders nooit zo stil. Osmans schrootpers stampt niet, de slijpschijf gilt niet. Er staat niet eens een motor proef te draaien. Osman is met vakantie, naar Turkije nota bene en Nesrin is met haar vader mee. Jarenlang heeft hij het beloofd en eindelijk gebeurt het.

Mam is naar de muziekschool. Ik ben alleen thuis. Dit is zo'n avond dat ik aan jou moet denken, pap. Zweden is zo ver weg en je schrijft ons nooit. Mam denkt dat je niet meer terugkomt. Ze hoeft je ook niet weer te zien, zegt ze. Die vreemde vrouw die nu bij je is al helemaal niet. Maar ík weet zeker dat je wel terugkomt, pap. Je wilt toch weten hoe het met mij gaat? Je kent Bruno Levie ook nog niet. Dat is een oude man. Nesrin en ik hebben hem vorige week leren kennen. Hij is nou onze vriend. Levie zegt dat mensen net postduiven zijn: ze komen altijd terug op het nest, waar je ze ook loslaat. Levie heeft ons ook geleerd hoe je moet dromen als je iets graag wilt en het niet kan. Als je het goed doet is er geen verschil tussen droom en werkelijkheid, beweert hij.

Ik ruik aan het flesje Desertfresh, het lekkere geurtje dat jij altijd na het scheren opdeed. Mam weet niet dat ik dat flesje nog heb. Ik droom dat je hier vanavond bent, pap. Ik zie je duidelijk voor me en ineens is alles heel echt. Je staat voor het raam en kijkt naar het sloopterrein.

'Tsjonge, tsjonge,' zeg je, 'wat maakt die man daar een troep.'

Je vraagt of er geen olie uit die auto's lekt. Of er ook kringen op het water in het kanaal komen. Dan ga je in de vensterbank zitten. Je kijkt naar mij en glimlacht.

'Vertel eens,' zeg je, 'wat weet je nog van vroeger?'

Ik moet denken aan die avond dat ik jarig was. Jij zou komen, maar je was het vergeten. We zaten de hele avond te wachten. Ik huilde toen ik naar bed moest. En midden in de nacht kwam je toch nog, pap. Je had een speelgoedtrekker voor me meegenomen.

'Dat je dat nog weet, Joeri,' zeg je. 'Maar wat is er de laatste weken gebeurd? Vertel me daar eens van.'

Jij stopt een grassprietje in je mond en kijkt me aan. Je ogen zijn heel licht blauw. Hebben alle mensen in Zweden blauwe ogen? Ik moet je vertellen van de Turkse Nesrin. Eerst was zij gewoon een buurmeisje, maar nu is alles zo heel anders. Je weet ook nog niet dat haar vader een standbeeld voor mam maakt. En natuurlijk moet het gaan over Bruno Levie en die nacht in zijn oude Volvo. Er is zoveel wat je niet weet. Ik moet het allemaal heel precies vertellen, want jij kent de mensen hier niet. Je bent al zo lang weg, pap. Ben je ook niet verbaasd dat ik al zo groot ben?

'Is het waar dat jij geuren zo bijzonder vindt?' vraag je. 'Dat meisje bijvoorbeeld, ruikt ze echt naar roestig ijzer?'

Je leunt met je hoofd tegen het kozijn en doet je ogen dicht.

'Vertel me alles, Joeri,' zeg je zachtjes. 'Doe maar net alsof ik niet je vader ben. Ik kom uit Zweden, ik ben een vreemde, ik weet van niks.'

2. Rozenroest: de geur van roestig ijzer

'Ik ruik je door je huid heen, Nesrin. Er zit echt ijzer in je bloed.'

Waar moet je beginnen als je alles wilt vertellen? Zal ik eerst maar iets zeggen over Nesrin? Zij is behalve het gekste ook nog eens het mooiste meisje van Turkije. Ik denk de hele dag aan haar nu ze weg is. En het is waar: ze ruikt naar ijzer, naar roestig ijzer dat in de regen heeft gelegen. Gisteren is het me gelukt die geur na te maken. Als ik hem opsnuif zie ik Nesrin in mijn hoofd, zo echt dat het lijkt alsof ze bij me is.

Ik heb ook een naam voor de geur van Nesrin bedacht. Ik geef alle nieuwe geuren een naam. Nesrin betekent *wilde roos* en daarom noem ik haar geur *Rozenroest*. Het was heel moeilijk die *Rozenroest* te maken. De meeste mensen hebben gewoon één geurtje: ze ruiken naar toffees, naar teer of mossels. Bij Nesrin was roestig ijzer wel het belangrijkste, maar er speelden ook andere geurtjes mee. Ik vertel je later nog wel hoe dat precies zat. Eerst even over die middag toen ze vroeg of ik rijles wilde. Ik kende haar toen nog nauwelijks. We wonen dicht bij elkaar: we fietsten dus wel eens samen naar school. En ik had haar ook wel eens zien crossen op het sloopterrein van haar vader. Maar daar was het bij gebleven. Tot het moment dat ze zei:

'Je kunt vast niet autorijden. Zal ik je les geven?'

'Bij jullie op het sloopterrein?'

'Je kunt er tachtig kilometer halen, hoor.'

'Als je vader het niet ziet, zeker!'

'Wil je het nou leren of niet?'

'Ik wil eerst kijken hoe jij het doet. Ik rij wel mee.'

Op het sloopterrein heb je de auto's voor het uitkiezen. Er zijn genoeg auto's bij die nog rijden. Nesrin kwam met een oude Ford aanzetten. Ze had een brommerhelm op. Ik niet en dan mag je van haar vader eigenlijk niet rijden. Osman vindt het goed dat Nesrin wat in auto's rondragt, maar er zijn voorschriften. Helm op dus, niet van het terrein af en niet harder rijden dan een fiets. Maar ik merkte al gauw dat Nesrin zich daar helemaal niet aan hield. Ze deed haar helm zelfs af en gooide hem op de achterbank.

Misschien wilde ze laten zien wat een meisje allemaal durft. Van lesgeven kwam in ieder geval niet veel terecht. Ze liet de motor loeien en zwierde zo woest rond dat ik me moest vasthouden. Natuurlijk had ze een auto uitgezocht met een kapotte uitlaat. En er kraste ook nog een losse bumper over de grond. Er was zoveel lawaai dat er van praten niet veel kwam. Maar ik rook wel direct die typische ijzergeur, helemaal toen ik in een bocht in haar haar dook. Ze heeft prachtig haar, een zwart gordijn tot halverwege haar rug. Je kunt je geen betere airbag voorstellen!

'Wat doe je?' gilde ze. 'Zit stil, hé.'

'Hoe kan ik nou stil zitten als je zo rijdt!' riep ik terug.

'Toch niet bang, hé?'

Het echte praten kwam pas later toen ze vroeg of ik haar geheime wegdroomauto wilde zien. Het bleek een oude Rover te zijn. Je weet wel, zo'n Engelse roestbak, maar van binnen wel met een teakhouten stuur en leren bekleding. Hij staat in de onderste rij vlak bij het kanaal, waar Osman de auto's op elkaar gestapeld heeft. Ze staan er dicht op elkaar en al zo lang dat er brandnetels tussen de wrakken groeien.

Ik wist niet wat ik zag. Nesrin had de voorbanken eruit gesloopt. Hier en daar hingen wat kleedjes. Op een zijraam een poster met Turkse bergen, wat kaarsjes en ander meidenspul. En aan een knopje van de kachel een foto en een klein bruin beertje. We gingen naast elkaar op de achterbank zitten.

'Tjee, Nesrin,' zei ik, 'je kunt hier wel wonen.'

'Ik slaap hier wel eens,' zei ze. 'Het is mijn geheime schuilplaats. Voor als ik even bij Osman weg wil zijn.'

Ze had er ook nog een box met blikjes cola, gevulde koeken en chips. Zo te zien kon ze het er wel een poosje uithouden. Niemand zou haar daar vinden, dat was zeker.

Hoogstens moest ze zich zo af en toe even muisstil houden als Osman in de buurt was. En Osman moest het natuurlijk niet in zijn kop krijgen de auto's bij het kanaal in de schrootpers te gooien.

'Nou is het geen geheim meer,' zei ik. 'Is dat erg?'

'Als jij het niet verklapt is het ons geheim,' zei ze.

Haar lange zwarte wimpers zakten even en flitsen weer omhoog. Waarom had ze het mij verteld? We kenden elkaar toch nog niet zo goed dat je meteen je geheimen op tafel legt! We praatten die middag over dingen waar we het anders nooit over gehad zouden hebben. Over vroeger en later, over wat niet is, maar wel zou kunnen. Ik vertelde Nesrin dat ik van geuren hield, dat ik steeds nieuwe ontdekte. Ik bewaarde ze in mijn hoofd, maar ook echt, in potjes. En het mooiste was om zelf een geur te maken, eentje die nog nooit iemand geroken had. Ik praat daar anders niet over. De meeste mensen vinden het toch maar raar.

Nesrin vertelde van Turkije, van de kleur van de heuvels, de bloeiende abrikozenbomen, de geur van sinaasappelboompjes. En ze liet me haar nazarsteentje zien: een blauw glazen oog. Het hing aan een kettinkje om haar hals. Turken geloven daar in: het is een gelukssteentje. Als je het bij je draagt kan je niks overkomen.

Ik wees naar de foto aan het knopje van de verwarming.

'Die foto,' zei ik, 'dat is zeker...'

'Mijn moeder,' zei ze. 'Ze is in Turkije overleden. Toen ben ik hier bij mijn vader gekomen. Maar ik blijf hier niet, hoor! Ik wil later in Turkije wonen.'

'In het dorp waar je geboren bent?'

'We gaan er dit jaar heen op vakantie.'

Osman had het haar al vaak beloofd en iedere keer was het weer uitgesteld. Maar deze zomer zou het dan toch gebeuren. Nesrin zou alle plekken terugzien die ze nog van vroeger kende. En natuurlijk ging ze ook uitzoeken waar ze later ging wonen.

Terwijl we zo praatten, daar op de achterbank in die oude

Rover, wolkte iedere keer de ijzergeur mijn neus binnen. De *Rozenroest* dus, maar die naam had ik toen nog niet bedacht. Het was een geur die kriebelde in mijn neus en hoog in mijn keel prikte. Ik snoof de lucht diep in: even niet ademhalen, dan blijft zo'n geur in je neus hangen. Als je dan je ogen dicht houdt ruik je hem het best. Maar toen kreeg Nesrin door dat ik daar toch wat raar met mijn ogen dicht zat te snuiven.

'Je ruikt naar roestig ijzer,' zei ik maar gauw.

Ze keek me strak aan, haar ogen glanzend zwart.

'Roestig ijzer? En hoe ruikt dat dan?'

'Dat kun je niet zeggen. Dat moet je geroken hebben.'

'Je kunt het toch met iets vergelijken?'

'Er zitten ook nog andere geuren door.'

'En jij vindt het een lekkere geur?'

'Er is niemand die zo ruikt.'

Ze lachte en wipte op en neer op de achterbank. Het lange haar zwiepte rond. De Rover kreunde in zijn oude veren.

'Ik weet waar die geur vandaan komt,' zei ze. 'Het zijn de olijven uit de Zviccyn-vallei.'

De olijven die Osman elke dag door de sla doet, dus! Hij laat ze speciaal uit zijn geboortestreek in Turkije komen. Raar natuurlijk, want je kunt hier ook overal olijven kopen en die zijn net zo lekker! Maar het moet per se Zviccyn zijn! Iedereen in Turkije weet dat er in Zviccyn-olijven ijzer zit. Gewoon, omdat de grond in de vallei ijzer bevat. Via het sap van de boom komt dat blijkbaar in de olijven. Het was een mooi verhaal, maar het klopte voor geen meter. Osman at die olijven immers ook en hij rook naar koffie en helemaal niet naar ijzer. Toch moest dat lekkere luchtje uit Nesrin zelf komen. Ik bedoel, het was geen spuitbusgeur of een deodorantstick.

'Ik ruik je door je huid heen, Nesrin. Er zit echt ijzer in je bloed.'

'Jij ruikt wat niemand ruikt. Dat is niet normaal met jou, hé!'

'Misschien komt het doordat je je vader helpt op de sloperij.'

'Ik slik elke dag een paar bouten en moeren door, weet je.'

Het tinkeltje in haar lach!

'Nee, ik bedoel met die slijptol.'

Dat met die slijptol zou je moeten zien. Nesrin en haar pa, allebei met een veiligheidsbril op! Ze slijpen stukken auto doormidden en dan spatten de vonken rond. In dat sterretjesvuur zitten flintertjes ijzer en die springen aan alle kanten je lichaam in. Maar Nesrins pa krijgt dat ijzer natuurlijk ook binnen. En dus blijft het toch weer een raadsel waarom alleen Nesrin zo ruikt.

We zaten die middag lang in de wegdroomauto. Zo lang tot de sirene op Osmans loods begon te loeien. Nesrins vader doet dat vaker als hij haar niet kan vinden. Het geluid is zo sterk dat onze dubbele ruiten het niet tegenhouden. Mam wordt altijd kwaad als ze het hoort, helemaal als ze aan het pianospelen is. We stapten weer in de crossauto en reden terug. Osman had köftes geroosterd. Dat zijn een soort gehaktballetjes, erg lekker. Wat Osman kookt is trouwens altijd lekker. Vroeger in Turkije was hij namelijk kok. Hij brengt mam wel eens een schaaltje cacik: yoghurt met knoflook, komkommer en kruiden. Soms blijft hij dan de hele avond plakken.

Omdat mam al naar de muziekschool was, bleef ik die avond bij Osman eten. Ik at veel köftes, veel Zviccyn-olijven en ik keek veel naar Nesrin. En toen ik later weer thuis was, wist ik dat ik de ijzergeur moest namaken. Dat leek even het belangrijkste wat er was. Helemaal als Nesrin in de zomervakantie met haar vader naar Turkije zou gaan. Was ik toen direct al verliefd op haar? Of kwam dat toch nog later, toen ze over die klaprozen begon?

3. Klaprozen in de Zviccyn-vallei

Ik had een keer met Sallie Withart in het fietsenhok gezoend. Maar hoe moest het wel niet zijn als ik het met Nesrin deed!

Nu je weet dat Nesrin Turkse is, denk je natuurlijk dat het zo'n ingepakt meisje met een hoofddoekje is. Uit een cultuur waar vrouwen niks te zeggen hebben. Maar dan heb je het wel even mis. Nesrin draagt niet eens een hoofddoek en ze heeft behoorlijk wat te zeggen. Ze praten bij haar thuis ook nog eens gewoon Nederlands, nou ja gewoon... Aan Osman kun je horen dat hij hier niet geboren is. Hij heeft het nog wel eens over *deze meisje* en *de huis*. Nesrin praat zonder fouten. Dat komt natuurlijk ook doordat ze hier al vanaf haar zesde woont. Osman is hier nog langer, al zo lang dat hij vergeten is moslim te blijven. Of is hij het nooit geweest? Ik weet niet precies hoe dat zit in Turkije. Turkse moslims zijn niet zo streng, geloof ik. Volgens Nesrin zijn er zelfs Turken die niet vijf keer per dag bidden; ze vasten niet tijdens de ramadan, drinken rustig alcohol en toch zijn het moslims.

Nesrin is wel meer Turks dan je nu denkt. Als ze vertelt over Turkije houdt ze niet meer op. Zeg ook niks verkeerds over haar geboorteland en kom alsjeblieft niet aan haar naam. Ze heet Nesrin Özkizçim en Osman heeft die achternaam dus ook. Maar dat kunnen ze hier niet zo goed uitspreken en dus maakte hij er Ockers van. Wel zo makkelijk voor zijn zaken. En voor de deftigheid nog wel met ck. Kijk, dat is iets waar Nesrin zich vreselijk over kan opwinden. Ik merkte het de dag na die zogenaamde rijles op het sloopterrein.

Osman was weggeroepen om met zijn kraanwagen een auto op te halen. Nesrin zag ik niet; ze zat misschien in de wegdroomauto. Windstille avonden zijn heel geschikt om geuren te vangen. Ze waaien dan niet door elkaar en blijven zuiver. Ik had al een stukje aan elkaar geklonterd roestig ijzervijlsel gevonden. De vraag was even wat ik er bij moest doen om de Nesrin-geur, de *Rozenroest* dus, te krijgen. Geen geurtjes van bloemen of zeepjes, dat was duidelijk. Eerder iets moderns van machines. Ik had vaag het idee dat ik onder de motorkap van een auto iets kon vinden. Daar zitten heel wat bijzondere geuren. Heb je bijvoorbeeld wel eens geroken hoe kunststof uit een verbrande dynamo ruikt? Zwart gedraaid kogellagervet, roet uit een kapotte katalysator?

In de hoofdstraat naar het kanaal vond ik een vrij nieuwe Peugeot, maar wel zo krom als een banaan. Ik denk dat hij bij een botsing om een boom was gevouwen. De motorkap was weg. Een deur hing geknakt op de grond. Ik had geen zin om in de auto te kijken. Soms kom je er nog sporen van het ongeluk tegen en dat is vaak niet zo'n fijn gezicht. Osman beweert dat hij ooit een keer een voet in een auto heeft gevonden. Een mooie slanke voet met roodgelakte nagels en een gouden ringetje om de kleine teen.

Maar goed, ik boog me dus over de motor van de Peugeot en schroefde de dop van het remoliepotje. Ik wilde die olie uitproberen op wat ijzervijlsel. Volgens mij pasten die geuren bij elkaar. Ik was zo een poosje aan het zoeken en ruiken, toen ik de zware claxon van Osmans kraanwagen hoorde. Ergens anders op het terrein loeide een automotor: dat moest Nesrin zijn. Ik liet gauw wat olie in een flesje lopen en stopte het in mijn zak. De takelwagen van Osman hobbelde langzaam het slooopterrein op. In de takels hing een rode auto, de voorwielen los van de grond. Het was een *Volvo* 440 *Sunbeam*, een Zweedse auto, een jaar of vijftien oud.

Osman reed langzaam het slooopterrein op. Achter me kwam Nesrin aanscheuren in haar crossauto. Ze stopte met geblokkeerde wielen op de parkeerplaats bij het hek. Steentjes spatten weg, kletsten tegen een autowrak. De motor maakte veel lawaai: rammelende kleppen, een gillende ventilatieriem. Nesrin had deze keer wel een heel oud beestje uitgezocht. Ze klapte het vizier van haar helm omhoog. Het lachende gezicht verpakt in die zwarte helm! Als ze lacht, trekken haar ogen een beetje dicht. Ze deed net alsof ze haar vader niet zag.

'Hé, Joeri, we slijpen het dak eraf,' riep ze.

'Dan hebben we een open sportauto.'

Osman toeterde en stak een arm uit het raampje. Hij gebaarde dat Nesrin opzij moest gaan. En als Osman haar nu maar gewoon Nesrin had genoemd was er nog niks gebeurd. Maar hij riep:

'Lief meisje Ockers, racemonster even weg, ja?'

Kijk, dat moet je dus zo niet zeggen. Misschien is het soms ook een spel en hebben ze niet altijd echt ruzie. Maar het leek nu verdraaide echt. Nesrins hoofd schokte naar voren. Ze zei niks, klom uit de auto en gooide haar helm op de achterbank. Osman riep nog een keer en liet de claxon van de takelwagen loeien. Zijn woeste kop met veel haar leek een kraaiennest. Hij reed een eindje vooruit. Uit de Volvo rolden stukjes glas. En toen kwam de discussie, schreeuwend boven het geluid van de dieselmotor uit.

'Ik heet geen Ockers.'

'Ach kom, Nesrin.'

'Wij zijn Turks, man. Dan verander je je naam toch niet.'

'Dat doe je voor goeie zaken toch?'

'Het is verraad aan je geboorteland.'

'Kom, kom, Nesrin, lief meidje.'

De brede lach van Osman. Hij liet een arm uit het raampje hangen en tikte buiten op de deur. En toen Nesrin weer:

'Je wilt duur doen. Net als met die naam: Osman Ockers' Sloop- en Recyclingbedrijven B.V.'

'Niet goed?'

''t Is gewoon een sloperij.'

'Een mooie naam kost toch niks meer.'

'En het is er maar één, niks bedrij*ven*!'

En dat ging zo een poosje door tot het Osman begon te vervelen. Hij riep iets over meisjes in Turkije. Dat die zoiets nooit zouden zeggen, dat ze daar respect voor hun vader hebben. Nesrin liep weg en liet haar auto rustig staan. Osman schudde zijn hoofd en drukte hem met de bumper van de takelwagen gewoon aan de kant. Hij hobbelde nog even door en zette de Volvo bij het hek neer.

Ik vond Nesrin bij het kanaal. Ze zat in het gras. Ze begon niet weer over haar naam, wel over Turkije. Ik leerde die middag direct al dat ik dan niet te veel moest tegensputteren. Gewoon knikken als ze zei dat Turkije het mooiste land van de wereld was. Al helemaal niet vragen of het er snikheet was en of het er in de steden stonk. Hoe meer ze over Turkije praatte, hoe vrolijker ze weer werd. Ze vertelde dat ze als kind een ezeltje had gehad, dat haar pop in de waterput gevallen was en meer van die kleine dingen.

'We gaan deze zomer naar de Zviccyn-vallei, Joeri. Mijn vader heeft het nu echt beloofd. Ik wil er wel blijven.'

Het dorp waar ze geboren was lag vlak bij een rivier. Kizilirmak stond er op de kaart, de Rode Rivier, omdat het rode zand het water die kleur gaf. Een gevaarlijke rivier met draaikolken waar mensen in verdronken waren. Maar toch zwommen ze er zomers in. En op de ondiepe plekken in de bochten waren flamingo's aan het pootjebaden.

'Hoeveel mensen woonden er in jouw dorp, Nesrin?'

'Niet zo veel. Honderd, denk ik.'

'Was er een school?'

'Een kleine. En een moskee.'

Ik kon best begrijpen dat ze erheen wilde. Maar wat ik niet snapte was dat ze daar later wilde wonen. Hoe kon iemand die ons land gewend was daar leven? Je kon er toch niks en je mocht er niks. Een spijkerbroek, een stuk kauwgom, ik noem maar wat, kon je er niet kopen. Misschien mocht je niet eens naar een school en moest je direct werken. Olijven plukken, op de schapen passen. Al die Turkse mensen kwamen toch niet voor niets hierheen. Maar ik durfde het niet tegen Nesrin te zeggen. Ik snoof de ijzergeur op en deed mijn ogen even dicht.

'In de Zviccyn-vallei zijn 's zomers de berghellingen rood van de klaprozen, Joeri.'

Ze gooide een steentje in het kanaal. Het haar gleed als een gordijntje voor haar gezicht.

'Weet je wat een jongen en een meisje doen als ze verliefd zijn?'

Deden Turkse jongens en meisjes anders dan hier?

'Ze slapen een nacht tussen de klaprozen.'

'Mag dat? Je vertelde toch dat ze in zo'n dorp erg streng zijn.'

'Als je gaat trouwen vraag je niet alles.'

'En je familie kiest een man voor je?'

'Ze zouden jou nooit kiezen, hoor.'

En daar was de lach weer. Tinkeltje! Glinsterende ogen! Ik kreeg een rode kop en kon mijn ogen niet van haar mond afhouden. Die prachtige lippen. Ik wist nog niet zoveel van zoenen. Ik had het een keer met Sallie Withart in het fietsenhok gedaan. En dat was niet eens zo leuk geweest, omdat Sallie een keukenluchtje had. Maar hoe moest het wel niet zijn als ik met Nesrin zoende! Hoe roken de klaprozen van de Zviccyn-vallei eigenlijk?

Raadde ze wat ik dacht?

'Vies roestig ijzer,' zei ze, 'met een moddergeurtje of zo.'

We liepen samen terug. Bij het hek zagen we de rode Volvo staan. Osman zet daar vaker auto's neer, omdat ze van de verzekering de schade willen opnemen. We zeiden niet veel meer. Mijn hoofd zat even vol met fietsenhokken en klaprozen. Ik ben verliefd, dacht ik. Overal zijn meisjes, en er is maar een die ik leuk vind. Het kan niet anders: dan ben je verliefd. De geur van roestig ijzer! Ik zoog de lucht naar binnen. In mijn hoofd kraakte het alsof er ijs brak. Kon je als je dertien jaar was al zeker weten dat je altijd bij iemand wilde blijven?

Thuis pakte ik de potjes ijzervijlsel en remolie. Ik hield ze tegelijk onder mijn neus en ik wist dat ik de *Rozenroest* bijna had. Dan kon ik Nesrin op elk moment van de dag ruiken. En als ik de *Rozenroest* rook zag ik Nesrin in mijn hoofd. Want pas als ik de geur had kwamen de beelden. Ik mengde ijzervijlsel en remolie door elkaar. Maar toen bleef er weer niks over van haar geur. Ik denk dat olie de roestige geur van ijzer oplost. Misschien moest ik ze niet door elkaar mengen. En er moest zeker nog iets anders bij, maar wat?

4. Een mapje met zilveren letters

't Is wel een heel oude foto,' zei ze. 'Dat zie je ook aan het kanten kraagje op die bloes. En aan dat ouderwetse kapsel.'

Hoe vertel ik je hoe iets ruikt wat je niet kent? Het is zo moeilijk om geuren te beschrijven. Meestal vergelijk je ze met iets bekends. Je zegt bijvoorbeeld dat iets naar chocola ruikt, naar boenwas of appels. Je moet dus iets noemen wat de ander al kent. Want als je zegt: dit ruikt naar Sallie Withart, weet je nog niks, omdat je Sallie niet kent. Niet dat je dan wat mist, maar daar gaat het nou even niet om.

Ik zeg dit omdat ik toen nog niet wist hoe ik de geur in de oude Volvo moest beschrijven. De auto stond op de parkeerplek bij het hek, nog precies zoals Osman hem er neergezet had. We waren nieuwsgierig: Osman sleept niet elke dag zo'n Volvo binnen. Het leek alsof de auto langs een muur was gestuiterd. De rechter zijkant was van voor tot achter gekreukeld: het achterspatbord zat tegen de band, de deur was gedeukt en een zijruit kapot. Maar het was niet een auto die onmiddellijk in Osmans schrootpers zou verdwijnen.

'Het is bijna een oldtimer,' zei ik.

'Wedden dat hij nog rijdt?' vroeg Nesrin.

Ze deed de deur open en kroop achter het stuur. Misschien was ik niet eens naast haar gaan zitten als ik niet direct die vreemde geur had geroken. Zoals vaker bij verongelukte auto's, zat het sleuteltje nog in het contactslot. Nesrin draaide het om en de motor sprong meteen aan.

'Zie je wel, we kunnen er zo mee wegrijden, Joeri.'

'Dan moet je wel eerst het spatbord lostrekken.'

Ik haalde diep adem door mijn neus en werd duizelig van alle geuren die door elkaar draaiden. De geur van benzine en olie kende ik. Die zit in veel auto's op Osmans sloopterrein. Net zoals de weeë geur van pleisters en bloed. Maar meteen rook ik ook iets vreemds wat me toch vaag bekend voorkwam. Had het met citroen te maken? Met verbrande kunststof? Het leek me ook iets wat paste bij de *Rozenroest* die ik wilde maken. Of was ik nou in de war omdat Nesrin zelf in de buurt was?

Op de voorruit zaten bloedspatten en de donkere vlekken in de bekleding moesten ook bloedsporen zijn. De achterbank lag vol stukjes glas. Nesrin speelde met het gaspedaal. Ze liet de auto een eindje optrekken en remde direct weer. Achter onze rug kraakte er iets in de vering. Ik bukte me naar de vloer. Op de kokosmat was de geur het scherpst. Nesrin zette de motor weer uit. Ze boog voor me langs en trok het dashboardkastje open.

'Moet je kijken, Joeri.'

Ze haalde een autokaart en een klein leren mapje uit het kastje. Met zilveren letters stond er een naam in het leer gedrukt: Bruno Levie. Er zaten twee foto's in, niks anders. Links de foto van een jong meisje onder een boom, rechts van een ouder meisje, volwassen al misschien. Beide foto's waren gekreukeld en bij de randen afgebladderd.

'Lijken ze op elkaar? Het zijn twee zusjes, hè?'

'Of twee foto's van hetzelfde meisje.'

'Denk je dat zij in de auto zat, Nesrin?'

'Bruno is toch geen meisjesnaam?'

'Dan is het zijn dochter natuurlijk.'

De vreemde geur bleef in mijn neus hangen, maar ik zocht niet verder. Misschien was er bij de botsing iets kapot gegaan en kwam de geur van onder de motorkap. We stapten uit de auto. Nesrin gooide de deur dicht. Er rinkelde wat glas op de stenen. Ik zag dat Nesrin het contactsleuteltje in haar zak liet glijden. We liepen terug naar het kantoor, maar Osman was er niet. Er schoot me te binnen dat mijn moeder Osman had gevraagd eens een keer bij ons te komen koken. Volgens mam kan hij niet kiezen uit drie verschillende beroepen. 's Morgens sloopt hij auto's om geld te verdienen. 's Middags is hij een kunstenaar die beelden van tandraden en zuigerstangen in elkaar last. En 's avonds is hij graag weer kok. Nesrin ging met me mee naar ons huis.

Osman rende door mams keuken. Hij zong hardop en schudde zijn hoofd bij de uithalen. De zwarte krulletjes sprongen om zijn hoofd. Allerlei luchtjes dreven door de keuken: olijfolie, kruiden, groenten. Op het aanrecht stond al een bak sla met tomaat, paprika en stukjes feta. Buiten zag ik de rook van een barbecuevuurtje. Mijn moeder had de tuindeuren opengezet en speelde piano. Ik hou niet zo van de muziek die ze maakt. Alleen als ze Mozart speelt blijf ik altijd luisteren. Hij maakte muziek met treurige golven, die ik soms zo mooi vind dat ik eigenlijk ook wel geluiden wil verzamelen.

Toen we bij de tuintafel zaten zag ik dat mijn moeder lichtblauwe oogschaduw op had. Ze maakte zich de laatste tijd vaker op. Ze was vrolijk en lachte toen Osman met sprongen door de tuin kwam. Hij droeg een schaal op de topjes van zijn vingers en had het te druk om te gaan zitten. Hij keerde lapjes vlees op de barbecue om en wilde het liefst alles zelf op onze borden leggen. Ondertussen vertelde hij dat hij een kunstwerk ging maken. Natuurlijk groot, want alles moet bij hem groot zijn. Twintig meter hoog zou dat beeld dus worden! Een geweldig beeld bij de ingang van de stad, een soort poort waardoor het verkeer de stad binnenreed.

'Doe er dan meteen verkeerslichten in,' zei mijn moeder. 'En een paar routeborden, dat kan best.'

'Wacht maar, Dille,' zei Osman, 'je weet nog niet alles van dat beeld.'

Ik geloof dat Nesrin zich een beetje schaamde voor haar vader. Ik snoof haar ijzergeurtje diep in mijn longen. Gek toch, dat anderen het niet roken.

'We hebben iets gevonden in die Volvo 440,' zei Nesrin. 'Een leren mapje.'

'Wat is een Volvo 440?' vroeg mijn moeder.

Je krijgt er soms wat van. Adagio, pianissimo, ze kent alle gekke woorden die bij haar muziek horen, maar van auto's weet ze niks, zelfs niet van Zweedse auto's.

'De auto van het ongeluk van gisteren,' zei Osman.

'Is daar iemand in verongelukt?' vroeg mijn moeder. 'Geen enge verhalen met bloed tijdens het eten, hè.'

'Een leren etuitje is niet eng,' meende Osman.

'Er zitten foto's in,' zei Nesrin.

Osman stopte een Zviccyn-olijf in zijn mond en hield zijn hand op. Hij sloeg het mapje open en bekeek de foto's.

'Bruno Levie,' bromde hij. 'Mooie naam. Als ik geen Ockers heette zou ik zo willen heten.'

'Je heet geen Ockers,' zei Nesrin.

'Bruno Levie, dat lijkt me een joodse naam,' zei mam.

'Zat er ook een vrouw in de Volvo?' vroeg ik. 'Toen, bij dat ongeluk?'

'Hoe kom je daar nou bij,' zei Osman. 'Alleen een oude man. Ze hebben hem direct naar het ziekenhuis gebracht.'

Mijn moeder keek mee naar de foto's.

''t Is wel een heel oude foto,' zei ze. 'Dat zie je ook aan het kanten kraagje op die bloes. En aan dat ouderwetse kapsel.'

Osman sloeg het mapje dicht en gaf het weer aan Nesrin. Hij begon nog maar eens over de Zviccyn-olijven. Ze waren goed voor mensen met bloedarmoede, beweerde hij. Oude vrouwtjes kregen er ook nog eens sterke botten van en zangeressen konden met een scheut olijfolie in de keel gemakkelijker de hoge C halen.

Osman en mijn moeder bleven die avond in de tuin. Het houtvuurtje smeulde nog een beetje na. Osman haalde een fles wijn en zette een eigen cd op. Hij had er een meegenomen om te laten horen dat er ook nog andere muziek is dan wat mam altijd speelt. Hij is gek op Griekse liedjes, waar je die hoppa-dans bij kunt maken. Dat heeft niks te maken met Turkije, maar Osman neemt dat niet zo nauw. Met zijn handen boven het hoofd danste hij bij ons op het grasveld de sirtaki. Mam moest er om lachen. Maar ik merkte dat Nesrin het niet leuk vond. Ze draaide het nazarsteentje tussen haar vingers. We gingen naar mijn kamer en bekeken de foto's uit het mapje nog eens.

'We moeten uitzoeken van wie dit is,' zei Nesrin.

'Wil je het terugbrengen?'

'Het is toch niet van ons.'

'Maar hoe vinden we die Bruno Levie?'

Was het wel zo belangrijk? Als die Bruno Levie het mapje miste, kwam hij het later toch zelf wel ophalen? Ze hadden hem vast wel verteld dat zijn auto bij Osman stond. Ik wilde eigenlijk niks meer horen over Levie, over standbeelden en de sirtaki dansen. Ik hoopte dat Nesrin weer over klaprozen of zoiets zou beginnen. Ze liep naar het dakraam en ik ging naast haar staan. Ik wilde die waterval van lang haar aanraken. Maar in de tuin hoorde ik Osman zingen. Ik keek en kon mijn ogen niet geloven: mijn moeder en Osman dansten op blote voeten op het grasveld. Hadden ze daar beneden te veel wijn gedronken? Mam had een rok aan tot op de enkels en die zwierde rond. En Osman riep met een stem als een slopers-hamer 'Hoppa, hoppa.' Ik werd er ook vrolijk van. Maar toen ik opzij keek, zag ik het gezicht van Nesrin. Ze had haar lippen stijf op elkaar gedrukt. Haar neusgaten waren wijd open.

'Wat is er?' vroeg ik.

'Hij is *annem* vergeten,' zei ze zachtjes. 'Hij danst met Dille. Hij denkt nooit meer aan mijn moeder, Joeri.'

Ze trok haar bovenlip naar binnen en beet erop. Haar nagels knepen in mijn arm.

'Kom,' zei ze, 'we gaan naar mijn huis.'

We liepen naar de overkant van de weg. Het begon al don-ker te worden. De booglampen bij Ockers' Sloop- en Recyclingbedrijven B.V. brandden al. Ik wilde Nesrin troos-ten. Voor het eerst legde ik mijn arm om haar heen. Mijn hand trilde op haar schouder. Ze bleef plotseling staan. Onze gezichten waren dicht bij elkaar. Zo dicht waren we nog nooit bij elkaar geweest. Nou gaat het gebeuren, dacht ik. Maar ineens duwde ze me weer weg. Ze keek over mijn schouder.

'Daar loopt iemand,' zei ze. 'Daar bij de Volvo, Joeri.'

We holden naar het parkeerterrein. Ik maakte een rondje om de Volvo, maar zag niemand. Nesrin moest het zich ver-beeld hebben. Of was het een smoesje omdat ze vond dat ik te dicht bij haar was gekomen?

5. De botersnoepjes van Bruno Levie

'Soms komt er mist in mijn hoofd,' zei hij. 'Dan weet ik de dingen niet zo goed meer. Je moet er maar niet om lachen.'

Vroeger nam mam wel eens snoepjes mee die naar boter roken en ook zo smaakten. Ik vond ze terug bij Bruno Levie, de man van het fotomapje dus. Nesrin wist de volgende dag al dat de rode Volvo van hem was. Ze had in de krant gezocht en een berichtje gevonden over een auto-ongeluk: *Automobilist (83) botst in de St. Janstunnel tegen muur.* Toen ze het politiebureau en het ziekenhuis belde wist ze zeker dat het om Bruno Levie ging. Het was niet zo moeilijk om zoiets uit te vinden. Je moest gewoon wat brutaal zijn en vragen naar je opa.

'Maar hij ligt nu niet meer in het ziekenhuis, Joeri.'

'Er zat anders veel bloed op de ruit van de Volvo.'

'Hij wilde zelf met alle geweld naar huis. Dat zeiden ze.'

'En je weet ook al waar hij woont?'

'Telefoonboek dus.'

We fietsten om drie uur naar Levies huis. Een heel gewone straat: een rijtjeshuis met een boompje voor de deur. Voor de ramen gordijnen waar je niet doorheen kon kijken. Toen we belden kwam er niemand. Maar er hing een touwtje uit de brievenbus en Nesrin trok de deur gewoon open. Ze riep Bruno Levies naam in de gang en we hoorden in de kamer iemand terugroepen. Het rook er naar toffees en oud papier.

Bruno Levie zat bij een grote tafel met voor zich een stapel kranten en een opengeslagen atlas. We schrokken toen we hem zagen. Zijn ene oog en een stuk van zijn wang waren blauw. Over zijn voorhoofd liep verband tot vlak bij zijn wenkbrauwen. Boven en opzij bij zijn oren staken er plukken grijs haar uit.

'Ik dacht even dat het Lebber was,' zei hij. 'Jullie ken ik niet. Onverwacht bezoek dus!'

Hij schoof wat kranten opzij en wees naar de stoelen. Zijn linkerhand zat ook in het verband.

'Mijn vader heeft uw auto weggesleept,' zei Nesrin.

Ze vertelde dat Osman de Volvo op het sloopterrein had geparkeerd. Levie knikte alsof hij het al wist.

'Lebber moest pillen halen,' zei hij. 'Ze moeten mijn auto niet slopen, hoor!'

We begrepen dat Lebber iemand was die boodschappen voor hem deed. Levie trok een blik onder de kranten weg en drukte het tegen zijn borst. Met zijn goede hand wrikte hij het deksel eraf. Er stond een Hollandse molen op. We mochten er een snoepje uitpakken: een botersnoepje. Nesrin gaf hem het mapje met de foto's. Hij bonkte met zijn hand op de tafel en tuurde naar de foto's. Het wit van zijn ogen was rood, alsof hij de hele nacht niet geslapen had. Over zijn wangen lag een waas van stoppels.

'Jij brengt Rachel terug,' zei hij. 'Wat ben ik blij dat je dat doet.'

Hij bracht het mapje dicht bij zijn gezicht. Er glinsterde iets in zijn ooghoeken.

'Wie van de twee is Rachel?' vroeg Nesrin.

Levie veegde met de duim van zijn goede hand over een vouw in de foto.

'Het is allebei Rachel. Links is ze nog een kind. Dat is in het Vlinderdal, hè. Lang geleden, hoor!'

'Is die andere foto ook van vroeger?'

'Toen was ze achttien. Ze woonde nog in Amsterdam. We kenden elkaar nog niet.'

Hij legde het mapje voor zich op de atlas.

'Rachel is uw vrouw, hè?' zei Nesrin zachtjes.

'Ze is al zestig jaar bij me,' mompelde hij.

Zijn ogen dwaalden weg. Het leek alsof hij even indommelde en weer wakker schrok.

'Hebben jullie nog iets anders in de auto gevonden?' vroeg hij.

'Bent u iets kwijt?'

Hij schudde met zijn hoofd en hoestte. Meteen trok er een pijnlijke trek over zijn gezicht. We vroegen wat er precies gebeurd was bij het ongeluk in de St. Janstunnel.

'Dat was niet mijn schuld,' zei hij. 'Hij had zijn lichten niet gedimd.'

En de ander was ook nog doorgereden toen Levie de tunnelwand raakte. Hij was kwaad dat ze zijn auto hadden afgenomen en hem naar het ziekenhuis hadden gebracht.

'Bent u daar weggelopen?' vroeg Nesrin.

Er kwam een rimpel boven zijn neus. Het verband zakte nog wat lager. Zijn wenkbrauwen waren borsteltjes boven zijn ogen.

'Als je zo oud bent als ik denken ze dat je niks meer kunt,' bromde hij. 'Maar ik moest naar huis.'

'En uw hoofd dan?' vroeg Nesrin. 'Misschien hebt u een hersenschudding.'

Hij voelde op zijn hoofd. In het witte verband zat een rode vlek.

'Ach, die oude kop,' zei hij. 'Die heeft al zoveel deuken opgelopen. Ik heb de oorlog meegemaakt, weet je.'

Hij schoof de trommel met botersnoepjes weer naar ons toe. We pakten er nog eentje uit.

'Ik wil iets vragen,' zei hij. 'Mijn auto staat bij jullie, hè? Kan ik er nog in rijden?'

'Er zitten deuken in en er is een ruit kapot,' zei Nesrin. 'Maar hij rijdt nog wel, hoor!'

'Ze heeft het al geprobeerd,' zei ik.

'Kun je dat?'

Het was even stil. Nesrin sabbelde op haar botersnoepje. Haar lippen glommen. Even was er alleen maar de geur van roestig ijzer. Maar Bruno Levie gaf me geen tijd om weg te dromen. Hij keek naar ons alsof hij een idee kreeg.

'Je moet me iets beloven,' zei hij. 'Doe de auto goed op slot. Zorg dat er niemand bij komt. Ik moet ermee op reis, weet je.'

We vroegen waar hij heen moest. Hij tikte op de atlas. Ik boog me voorover en zag dat het de kaart van Europa was.

'Je moet het niemand zeggen,' zei hij. 'Anders houden ze me tegen, weet je. Een oude man die in een oude auto rijdt, dat vinden ze raar. Ze rijden je van de weg, ze pakken je auto af.'

En toen begon dat wonderlijke verhaal over zijn reis. Ik begreep die middag niet alles, ook niet omdat hij soms onduidelijk praatte. Het ging over een olijfboom in Israël en een grote tuin waar het stikte van de vlinders. Daar was Rachel geboren en daar wilde hij blijkbaar heen. Af en toe stopte hij even om te hoesten. Dan vertrok zijn gezicht en wreef hij over zijn borst.

'De olijf staat achter het huis van Sjoek,' zei hij. 'Als het warm is zitten ze in de schaduw van de boom. Sjoek rookt een pijp. Moek brengt meloen met honing. Maar de kleine Rachel is aan het touwtje springen.'

Hij leunde voorover en legde zijn armen op tafel. Er kwam een glimlach op zijn gezicht. Zijn grijze ogen keken langs ons heen, alsof hij zag gebeuren wat hij vertelde.

'Achter het huis van Sjoek begint het Vlinderdal. Rachel is er elke avond. Ze smeert olijfolie op de amberbomen.'

Hij zwaaide met een vinger en lachte.

'Ze denkt dat de vlinders er gek op zijn. Maar dat is niet waar. De vlinders komen voor het gom van de amberbomen.'

'Waar is Rachel nu?' vroeg Nesrin.

'Ze komt zo meteen,' mompelde hij.

Hij hield zijn hoofd scheef, alsof hij haar al in de keuken hoorde.

'Of is ze nog in het Vlinderdal? Nee, hè? Ze komt zo terug.'

Hij duwde het verband op zijn voorhoofd wat op en probeerde er een vinger onder te krijgen. Ik had nog nooit van amberbomen gehoord. Ik wilde vragen wat het voor bomen waren. Maar Bruno Levie zakte ineens in zijn stoel onderuit. De tafel wipte op, het blik met botersnoepjes viel om.

'Bukken,' riep hij. 'Rachel, niet doen! Laat je vallen, het is de soldaat! '

Even bleef hij roerloos hangen. Toen schoof hij weer

omhoog. Hij schudde zijn hoofd. Zijn ogen schoten naar ons.

'Wie zijn jullie nou weer?' vroeg hij. 'Hebben jullie het tuinhekje goed dicht gedaan? De duiven zijn los, hoor!'

'Er is hier in de straat geen tuinhekje,' zei Nesrin.

'Geen tuinhekje,' mompelde Levie. 'Dat is ook zo.'

Hij hoestte achter zijn hand. Zijn hoofd schokte. Het verband om zijn hoofd was losgegaan. Een sliert hing bij zijn oor naar beneden. Nesrin liep naar hem toe en legde haar hand op zijn arm. Hij schrok ervan.

'Soms komt er mist in mijn hoofd,' zei hij. 'Dan weet ik de dingen niet zo goed meer. Je moet er maar niet om lachen. Dat krijg je als je oud bent.'

Er wipte een koekoek uit de wandklok. Hij riep vijf keer.

'Je hebt prachtig lang haar,' zei Levie met een glimlach. 'Het is net zo zwart als dat van Rachel.'

'Moeten we iets voor u halen?' vroeg Nesrin. 'Hoestsnoepjes misschien?'

'Ik ga even slapen,' zei Levie. 'Ik moet weer sterk worden. Ik ga op reis. Naar de boom van Rachel! Pak nog maar een botersnoepje.'

'Ik ga ook op reis,' zei Nesrin. 'Met mijn vader naar Turkije.'

Levie gaf er geen antwoord meer op. Hij deed zijn ogen dicht. We durfden niet langer meer te blijven en liepen voorzichtig de kamer uit. Bij de deur keken we nog even om. Bruno Levie leek al te slapen. Zijn hoofd was op zijn borst gezakt. Zijn hand lag op de opengeslagen atlas. We fietsten naar huis. De vragen zoemden door mijn hoofd.

'Wat zijn amberbomen?' vroeg ik. 'En wat was dat met die soldaat?'

'Dat van die amberbomen kunnen we misschien opzoeken.'

'Denk je echt dat hij in die oude Volvo op reis gaat?'

'Hij is in de war door het ongeluk.'

Natuurlijk gingen we direct kijken bij de Volvo. Toen

Nesrin de deur opentrok was er weer die vreemde geur. Een scherpe geur die prikkelde en koud in mijn neus voelde. En ineens wist ik waar ik hem eerder geroken had. Een paar keer in het jaar poetst mijn moeder de koperen kandelaars op de vleugel. Het was die lucht of laat ik zeggen: die lucht had er mee te maken. Maar wie poetst er nu koper in een oude Volvo? Er zit niet eens koper in het interieur van een auto, hoogstens een stukje chroom. En toch was de geur sterk, alsof iemand mams busje koperpoets in de Volvo had omgegooid. Koperpoets! Was dat misschien ook het stofje dat ik nodig had voor de *Rozenroest*?

6. Een moeder van autowielen en bumpers

'Het wordt een beeld van jou, mam. Dat grote beeld bij
de ingang van de stad, weet je wel, dat ben jij.'

Osman stapelde velgen op elkaar, eerst kleine en dan steeds
grotere, tot hij uitkwam bij tractorwielen. Als het naar zijn
zin was laste hij het zaakje vast. Het werd een been, smal bij
de enkel en breder bij de kuit, een stukje van het geweldige
beeld. Velgen, wieldoppen, motorblokken, stuurwielen,
kofferbakdeksels, alles kon Osman gebruiken. Achter in de
loods lag al een stuk van het hoofd. Voor het krullende haar
had Osman een vrachtwagen vol autoveren gebruikt.

Toen de lasbrander even niet brulde vertelden we hem
dat we Bruno Levie het mapje hadden teruggebracht. En ook
dat Levie op reis wilde naar het Vlinderdal en de auto terug
moest hebben.

'Jullie vriendje kan zijn antieke auto ophalen,' zei Osman.
'Maar ik denk niet dat hij er weer in rijdt. Zeker niet helemaal naar Israël.'

Volgens Osman had de politie het rijbewijs van Bruno
Levie ingenomen. Ze vertrouwden de oude man niet meer in
het verkeer. Hoe kon hij in de tunnel zo maar tegen de muur
klappen! Was hij gewoon in slaap gesukkeld? Had hij misschien een beroerte gehad? In beide gevallen was hij een
gevaar op de weg.

'Hij krijgt zijn papieren vast niet terug,' zei Osman.
'Geweldige moeder heb je trouwens, Joeri.'

Ik had al door dat hij liever over mijn moeder praatte dan
over Levie. Hij tikte met een hamer tegen de kuit van het
beeld. Het geluid zong rond in het staal en trilde langzaam
weg.

'Dit standbeeld dat wordt Dille, hè. Twintig meter hoog
bij de snelweg. Het hele land ziet zo meteen jouw moeder,
man.'

'Vindt ze dat wel leuk?' vroeg ik.

'Natuurlijk,' riep Osman. 'Wie zou dat niet leuk vinden! Ik noem het De Poort van Dille. De oude Grieken zouden jaloers geweest zijn op zo'n beeld. Ons land zal er nog van opkijken.'

'Wanneer maak je een standbeeld voor mijn moeder?' riep Nesrin schor.

Ze draaide zich om en liep de loods uit. Haar hoofd was tussen haar schouders gezakt. Osman zuchtte en woelde met een smerige hand door zijn baard.

'Ze snapt het niet,' bromde hij. 'Altijd heeft ze het over haar moeder. Maar die moeder leeft niet meer. Dat is allemaal voorbij. Het is niet goed om altijd met vroeger bezig te zijn.'

Hij schopte de lasbrander opzij en liep mompelend weg.

Ik vond Nesrin in de wegdroomauto. Ze keek met een ruk op toen ik naar binnen schoof. Het lange haar zwiepte langs haar gezicht.

'Nog geen foto zet hij in de kamer,' zei ze. 'Laat staan dat hij een standbeeld maakt. Het is niet eerlijk, Joeri. Je moet eerder een standbeeld maken voor iemand die dood is. *Sevgili anneciğim*, mijn lief moedertje.'

Ze tikte tegen het verwarmingsschuifje. Het beertje schommelde langs de foto van haar moeder. Een dikke vrouw met veel kleren aan en een doek om het hoofd. Ze stond voor een oude schuur, in de verte de bergen. Ik wist niet wat ik moest doen. Moest ik zeggen dat Nesrin gelijk had en dat het stom was dat Osman nooit meer aan zijn vrouw dacht? Wist Nesrin dat wel zeker? Je kon toch niet weten wat iemand dacht! Osman zou toch ook niet met Nesrin naar Turkije gaan als hij nooit meer aan zijn vrouw dacht! Mijn moeder praat ook niet zoveel over mijn vader, dacht ik. Maar daarom zit hij nog wel in haar hoofd.

'Denk jij nog wel eens aan je vader?' vroeg Nesrin.

Ik vertelde haar dat ik thuis het flesje Desertfresh had. Dat ik mijn vader voor me zag als ik de geur rook. Op het sloopterrein begon de metaalpers te stampen alsof hij een gangetje dwars door de wereld wilde slaan. De oude Rover trilde onder onze voeten. Osman moest blijkbaar nodig van stukken auto pakketjes oud ijzer maken.

'Dat doet hij als hij kwaad is,' zei Nesrin. 'Maar het kan me niks schelen. Ik heb gelijk.'

'Jullie gaan straks naar Turkije,' zei ik. 'Als hij daar is denkt hij vast wel aan je moeder.'

Ze gaf er geen antwoord op. Ze stopte het nazarsteentje in haar mond en zoog erop. Haar ogen leken zwarter dan ooit. Ik wilde haar het liefst aanraken. Met mijn vinger over haar wang strijken, haar haar door mijn hand laten glijden.

'Hoe kan iemand die in de Zviccyn-vallei geboren is zoveel lawaai maken?' zei ik. 'Wat is het mooiste geluid van vroeger, Nesrin?'

Ze keek me even aan alsof ik haar voor de gek hield. Dacht ze dat ik haar aandacht wilde afleiden?

'Geluiden zijn soms zo mooi, Nesrin. Niet die schrootpers, natuurlijk. Maar muziek, het zingen van vogels.'

'Als de schapen en koeien 's avonds terugkomen,' zei ze. 'Dat weet ik nog. De schapen blaten, de belletjes rinkelen.'

'Zijn er ook vogels daar?'

'In het riet bij de Rode Rivier zitten altijd zarkaspiepers. Die hoor je de hele dag. Alsof hun snavel een fluitje is.'

We bedachten een poosje mooie geluiden. Kiezelstenen die over elkaar schuren, het ritselen van riet, het zingen van krekels. Nesrin herinnerde zich nog hoe de wolven in de bergen huilden. 's Winters als ze geen voedsel vonden kwamen ze wel bij de dorpen. Er zijn vast en zeker ook mooie Nesrin-geluiden, dacht ik. De tik van haar schoenen, het plofje als ze haar lippen van elkaar deed en natuurlijk de tinkel van haar lach. Geluiden kon je ook zo gemakkelijk bewaren. Je nam ze met een recorder op en je kon ze eindeloos opnieuw horen. Met geuren was dat veel moeilijker. Eigenlijk kon je alleen maar het origineel opbergen in kleine doosjes of flesjes. En met het origineel van de *Rozenroest* kon zelfs dat niet, zolang ik niet wist wat er nog bij het roestige ijzer moest.

Ik keek voorzichtig naar Nesrin. Ze was zo mooi, helemaal als ze kwaad was. Dan zat er een rimpel bij haar neus en leken de linker- en rechterwenkbrauw elkaar te raken. En als ze heel kwaad was stampte ze met haar voeten en zwiepte ze haar haar rond. Ik snoof de ijzergeur nog eens op en deed mijn ogen dicht. Ik zag de berghellingen in de Zviccynvallei. Groene weiden vol met klaprozen en op de top van de berg sneeuw.

Mam droeg een zwarte jurk met zilverkleurige stiksels erop. Ik bleef in de kamer zitten. Ze speelde Mozart en die zou ik in mijn verzameling geluiden doen als ik ze ging sparen. Mam keek even over haar schouder en glimlachte naar mij. Ik weet dat ze het fijn vindt als ik naar haar muziek luister. Ik bleef zelfs nog zitten toen ze klaar was. Ze haalde cola en voor zichzelf een glas wijn.

'Ik zie je de laatste tijd zoveel bij Osmans dochter,' zei ze.

Ja, hé, daar wou ik het dus niet over hebben.

'Osman gaat een vrouw in elkaar lassen,' zei ik vlug.

'Osman kan alles,' zei ze. 'Het wordt vast prachtig.'

'Het wordt een beeld van jou, mam. Dat grote beeld bij de ingang van de stad, weet je wel, dat ben jij. Een soort Vrijheidsbeeld.'

'Is het waar?'

'Aan elke kant van de weg een been. De auto's rijden zo tussen je benen door.'

Ik zag dat ze een beetje schrok. Ik deed er nog een schepje boven op.

'Het wordt een naaktbeeld, mam,' zei ik pesterig.

Ze zette het wijnglas met een tik op tafel. De wijn schommelde in het glas. Wat onzeker zei ze:

'Osman maakt die beelden van autowielen en bumpers. Dat kan toch nooit heel erg op mij lijken.'

'Hij wil wel dat je gaat poseren.'

Toen had ze me door en begon ze te lachen.

'Ja, ja, hij bekijkt het maar.'

Ik vroeg nog even door.

'Je laat hem zo maar met een smerige overall binnen, hè.'

'Osman is een kunstenaar, dan knijp je een oogje dicht.'

'Osman is toch autosloper, mam.'

'Dat ook, Joeri. Omdat je met kunst geen geld verdient, weet je.'

'Met slopen wel?'

'Vraag me niet wat hij krijgt voor die oude accu's en spatborden.'

'Maar je vindt hem wel leuk, hè?'

Ze keek me even snel aan en dronk haar glas leeg.

'Hoe is het met die oude man,' zei ze handig. 'Jullie zijn bij hem geweest, toch?'

Ik vertelde haar van de botersnoepjes en van het meisje in het Vlinderdal dat hij al zestig jaar kende. Van de verhalen die hij ons verteld had.

'Levie zegt dat de olijf een heilige boom is. De Grieken offerden vroeger olijven aan de goden.'

Die goden waren ook niet gek: ze vonden olijven lekkerder dan godenspijs. Maar toen had ik ook genoeg gepraat. Ik zei dat ik mijn huiswerk nog moest maken. Ik nam het busje koperpoets uit de keuken mee. Op mijn kamer schudde ik ijzervijlsel op een schoteltje, wat remvloeistof er naast en een drup koperpoets. Ik hield mijn neus erboven. Het is altijd moeilijk uit te vinden hoeveel je van een stofje moet nemen. Moest ik net zo veel remolie als koperpoets gebruiken? Ik experimenteerde een poosje. Maar hoeveel koperpoets ik ook nam, veel of weinig, iedere keer verdwenen de andere geuren erin. Ik wist zeker dat ik met roestig ijzer en remvloeistof op de goede weg was. Maar koperpoets was te sterk en hoorde er dus niet bij. Ik had te vroeg gejuicht: ik had de *Rozenroest* nog lang niet gemaakt, dat was duidelijk.

Het was al laat toen ik voor het raam naar buiten stond te kijken. Het licht op Nesrins kamer brandde nog. Osman was ook nog in zijn kantoor. De neonlampen voor de loods gaven gelig licht. De Volvo stond op een andere plaats dan eerst.

Had Nesrin er weer in gereden? Ineens schokte mijn hoofd naar voren. Zag ik het goed? Het leek alsof er in het donker iemand bij de Volvo rondhing. Een man met een witte muts op. Het rechterportier stond open en hij zat op zijn hurken naast de auto. Ik bleef even staan kijken voor ik naar beneden rende. Maar toen ik hijgend op de parkeerplaats kwam was er niemand meer te zien. De deur van de auto was weer dicht.

Ik wist zeker dat ik me niet vergist had. Het was nu al de tweede keer dat we iemand bij de Volvo hadden gezien. En dan die merkwaardige geur van koperpoets. Wat was er toch voor raars met die oude auto?

7. Gesuikerde kastanjes van Osman

'Olijfbomen worden ouder dan mensen. En er groeien nog altijd olijven aan, hoor.'

Vroeger was ik wel eens kwaad dat ik geen opa en oma had. Anderen hadden er vier of soms zes en ik geen een. Ik mis ze nog altijd, die opa's en oma's. Misschien komt het daardoor dat ik oude mensen zo gezellig vind. Er hangt zo'n lekker geurtje van zalf en oude kastjes om ze heen. En ze vertellen van vroeger. Wat ze onthouden hebben is het bijzondere, en dus is het net alsof hun leven heel spannend is geweest. Helemaal natuurlijk als het om Bruno Levie gaat, omdat hij in zoveel landen heeft gewoond.

Ik heb je geloof ik nog niet verteld dat we hem nog een tweede keer thuis opgezocht hebben. Toen begon het weer net zo: eerst werd het blik met de botersnoepjes opgezocht. De ene kant van zijn gezicht was blauw en opgezwollen. Op het verband om zijn hand zaten vlekken. Maar hij had een schoon overhemd aan en zijn hoofd leek opnieuw verbonden. Was er dan toch iemand die hem verzorgde? Die Rachel waar hij het steeds over had, maar die we nog niet gezien hadden?

Hij wilde weten hoe het met de Volvo was en of we er ook iets in gevonden hadden. We moesten 's nachts de deur van de auto goed op slot doen, vond hij. Alsof dat zin had als er een ruit stuk was! Nesrin vertelde dat ze het spatbord had losgetrokken en plastic over het kapotte raam had gespannen. En de rechterdeur hing ook nog los, maar ze zou het scharnier nog vastlassen.

'Wat ben jij er voor een?' vroeg Levie. 'Je kunt autorijden en lassen? Zijn alle meisjes in Turkije zo bijdehand?'

Ze konden wel even zonder mij! Nesrin vertelde dat ze met haar vader naar Turkije ging. Bruno Levie had het over Israël en Griekenland. Hij was in Griekenland geboren, had lang in Israël gewerkt en woonde nu al weer bijna twintig jaar hier. Hij was net als Nesrin eigenlijk een vreemde in ons land. En dus begrepen die twee elkaar. Er was ook zoveel hetzelfde in hun geboortelanden: in beide landen had je bijvoorbeeld olijfbomen.

'Onze olijven zijn kruidig,' zei Levie. 'Sjoek maakte zelf olijfolie. Van die ene boom achter het huis, de olijf van Rachel.'

'In Zviccyn-olijven zit ijzer,' probeerde ik nog.

Maar ze luisterden niet naar mij. Levie had een rode blos op zijn wangen. Hij zocht het fotomapje tussen de kranten en legde het voor zich op tafel. Hij knipperde met zijn ogen alsof hij iets niet scherp zag. Ik rook de zalf die onder het verband moest zitten. Af en toe ook een wolkje jodium. De geurtjes waren zo sterk dat ze Nesrins ijzergeur wegdrukten.

'Een olijf heeft vanaf de stam vijf takken,' zei Levie. 'De vijf vingers van een hand. Zo hoor je een olijf te snoeien.'

Hij stak zijn goede hand met vijf vingers in een rondje omhoog.

'Rachel wist dat als kind al. Zij wees de takken aan die Sjoek moest wegzagen.'

Sjoek was de vader van Rachel geweest. We hoorden ook waarom die olijfboom achter Sjoeks huis zo belangrijk was. Het was Rachels boom. Heel lang had die boom bij haar leven gehoord. Haar wieg had er onder gestaan, haar schommel hing eraan en ze huilde tegen de stam als ze verdriet had. Tot ze naar Nederland verhuisden.

Bruno Levies stem bibberde bij het vertellen. Hij moest geregeld hoesten en dan duurde het lang voor hij weer genoeg adem had.

'Toen ze achttien jaar was zijn we verloofd,' zei hij. 'Ik heb zelf de verlovingsring gemaakt. Van een zilveren gulden. Ze had hem om, toen.., toen…'

Hij haalde zwaar adem en deed zijn mond open alsof hij te weinig lucht kreeg. Bij zijn mondhoek trilde een spiertje. Was er iets met die ring? Moest zo'n ring niet van goud zijn? En waarom maakte je zoiets zelf? Nesrin ging plotseling staan.

'Nou begrijp ik het: uw vrouw is dood, hè?' zei ze hard.

Bruno Levie pakte het fotomapje van tafel en staarde naar de foto's. Hij knikte langzaam.

'Maar u zegt dat ze zo komt.'

'Straks praat ik weer met haar. Straks als jullie weg zijn zie ik haar.'

Hij schoof de trommel met botersnoepjes weer naar ons toe.

'Ik heb iets moois voor Rachel gemaakt,' zei hij. 'Ik was vroeger smid, hè, koper- en zilversmid. Ik heb een olijf gemaakt met haar naam erop. Ik breng hem naar het Vlinderdal.'

Hij streek over zijn wang. Op zijn oogwit zaten rode vlekjes.

'Ik heb vaak onder haar boom gezeten. Toen ik in Israël woonde ging ik er elke week heen.'

'Staat die boom er nu nog?' vroeg Nesrin.

Bruno Levie knikte.

'Olijfbomen worden ouder dan mensen. Er zijn bomen van vijfhonderd jaar. En er groeien nog altijd olijven aan, hoor. Ik moet mijn auto terug, ik moet erheen.'

'Kunt u er nog wel in rijden?' vroeg Nesrin.

Bruno Levie wrikte een vinger onder het verband om zijn voorhoofd. Door het wit schemerde weer wat roods.

'Ze hebben mijn rijbewijs afgepakt,' zei hij. 'Die jonge vlerken zeiden dat ik te oud was. Maar Lebber zou me rijden, dat heeft hij beloofd. En nou wil die jongen ineens niet meer, hè.'

Hij keek Nesrin aan. Het verband was naar zijn wenkbrauw gezakt.

'Jij rijdt die auto anders ook zo naar het Vlinderdal, hè?'

'Ik mag alleen bij ons achter het hek rijden.'

Het was een tijdje stil. Levie staarde voor zich uit. Nesrin ging naar het keukentje, maakte koffie. Ik kreeg een nieuw botersnoepje. Levie rommelde in de kranten en hoestte.

'Ik moet de duiven nog ophokken,' zei hij ineens tegen

mij. 'Ze gaan op reis. Maar duiven komen altijd terug in hun hok, hoor.'

Welke duiven, dacht ik. Heeft hij duiven in het schuurtje? Nesrin kwam terug met koffie. Ze schudde haar hoofd en keek me strak aan. Levie legde zijn hoofd achterover tegen de stoel en deed zijn ogen dicht. Hij wordt gauw moe, dacht ik, en dan zegt hij onbegrijpelijke dingen. Misschien kwam het door het ongeluk met de auto. Of was het zijn leeftijd? Zoveel oude mensen haalden de dingen door elkaar. Nesrin en ik liepen op onze tenen naar de deur. We fietsten langzaam naar huis. We hadden veel te bepraten.

'Wel raar, hè: zijn vrouw is dood en hij zegt dat hij haar straks ziet.'

'Die Rachel is natuurlijk in Israël overleden.'

'Is ze onder die olijfboom begraven, denk je?'

'Hij heeft een olijf van koper gemaakt. Met haar naam erop.'

'Die wil hij op het graf leggen.'

'Hij komt er nooit. Hij rijdt hier al tegen een muur.'

We vonden Osman weer bij Dille in de tuin. Ze aten gesuikerde kastanjes. Het was nog lang geen vijf uur. Toch had Osman zijn werkkleren al verwisseld voor een wit overhemd en een schone spijkerbroek. En wat ik ook direct zag: mam had de blauwe oogschaduw weer op. We wilden vertellen van Bruno Levie en Rachel, maar we kwamen er niet eens aan toe.

'Osman gaat mee naar de repetitie vanavond,' zei mam.

'Ik zal het hardste klappen,' riep Osman.

Ze keken elkaar aan op een manier die me ongerust maakte. Wat was dat voor gekkigheid? Hield Osman ineens van pianomuziek? Osman met zijn Griekse hoppa-hoppa-deuntjes ging luisteren naar mams klassieke muziek?

'We hebben nog meer nieuws,' zei Osman. 'We gaan op vakantie. Ik laat Dille deze zomer de wereld zien.'

Mam keek naar mij. Ze had rode wangen en haar ogen glansden. Ze draaide wat zenuwachtig aan een oorbel.

'De wereld is wel wat veel,' zei ze. 'Gewoon even ertussenuit.'

'Vakantie,' zei Nesrin langzaam.

Ze zat heel stil in haar tuinstoel, keek van de een naar de ander.

'Maar wíj gingen toch naar Turkije?' zei ze ineens schril. 'Je zou met mij naar de Zviccyn-vallei gaan.'

Osman draaide op zijn stoel. Hij keek Nesrin niet aan.

'Het is daar wel heet hoor. Wat denk je van Griekenland? Dille is er nog nooit geweest. Ze wil graag spelen in zo'n oud amfitheater. De akoestiek is daar geweldig, zegt ze.'

Ineens was er een Nesrin die ik nog niet kende. Ze sprong overeind en schopte haar stoel om. Haar ogen waren groot en donker.

'Je hebt het beloofd,' schreeuwde ze. 'Je belooft het al zo lang. En nu doe je weer net alsof er niks is afgesproken.'

'Je mag wel mee, hoor Nesrin,' zei mijn moeder met een stijf gezicht.

Osman ging geschrokken rechtop zitten. De lach was van zijn gezicht verdwenen. Hij plukte zenuwachtig aan zijn baard. Mam probeerde Nesrins hand te pakken, maar Nesrin duwde haar weg en rende naar de deur. Osman greep naar zijn voorhoofd en deed zijn ogen dicht. Mam kwam naast hem staan.

'Als je het beloofd hebt, Osman. Ik bedoel, kunnen wij dan niet beter…'

Osman schudde zijn hoofd.

'Ze weet niet waar ze het over heeft,' zei hij. 'Ze wil niet met vakàntie, ze wil daar blijven! En waarom ben ik daar weggegaan, denk je? Er is daar geen toekomst. Ze hebben op het platteland niet eens waterleiding. En in de kachel branden ze gedroogde mest. Bovendien: ons dorp ligt op de bodem van een stuwmeer. Het kerkhof ook: ze kan niet eens naar het graf van haar moeder.'

Mam streek over de krullen van Osman. Nou vraag ik je: wie strijkt er nu over het haar van de buurman! Ineens wist ik het: ze is verliefd, dacht ik. Mam, mijn deftige moeder was verliefd op iemand die in vieze overalls rondliep. En direct dacht ik ook: Osman heeft het beloofd. Nesrin heeft gelijk, wat een rotstreek van hem.

'Ik bedenk wel iets,' zei Osman. 'Moeten we niet naar de repetitie, Dille? Ik haal nog even mijn jas.'

Hij liep naar buiten en kwam wat later terug in een afschuwelijk rood jasje.

'Er zat een jongen bij die oude Volvo,' zei hij. 'Ik heb hem weggejaagd.'

Het drong nauwelijks tot me door wat hij zei.

'Ik ga naar Nesrin,' zei ik.

'Ja,' zei Osman, 'Wil jij dat doen? Jij kunt beter met haar praten dan ik. Ik doe toch alles verkeerd.'

8. Een rokje met rinkelende belletjes

*Ze zwiepte haar haar naar achteren. Haar mond stond
een beetje open. Haar lippen glansden.*

Osman en mam waren tegen zes uur vertrokken. Achteraf
gezien had ik Nesrin misschien direct achterna moeten gaan.
Maar ik bleef op mijn kamer rondhangen en deed allerlei
onbelangrijke dingen. In mijn hoofd stormde het. Mam en
Osman! Hoe was het mogelijk dat ze verliefd was op Osman!
Iemand die zo anders was. Iemand die lawaai maakte, terwijl
mam van stilte hield. Die met zijn smerige laarzen aan de
kamer binnenkwam, terwijl mam alleen op de vleugel kon
spelen als er op het glanzende zwart geen stofje te zien was.

En waarom had ze Osman meegevraagd? Het was dan
nog wel niet het echte concert, maar ook een repetitie was
belangrijk voor haar. En ik wist zo al dat Osman de boel op
z'n kop zou zetten. Hij dacht al lang niet meer aan Nesrin en
de vakantie in Turkije die hij haar beloofd had. Hij zou hard
gaan applaudisseren met die grote slopershanden. Hij ging
roepen dat mam de beste pianiste van de wereld was en hij
wilde discussiëren met de dirigent. En dat allemaal op
momenten dat het niet kon.

Pas tegen een uur of zeven ging ik op zoek naar Nesrin. Ik
vond haar natuurlijk in de wegdroomauto. De oude Rover
was voor haar een stukje Turkije. Ik klopte zachtjes op de zijruit en gleed naar binnen. Ze zat doodstil op de bank, alleen
haar ogen bewogen. Een raar gezicht: de drukke, razend-
snelle Nesrin die daar nu zo stil zat.

'Zit je te piekeren?' vroeg ik.

'Ik ga zo meteen weg,' zei ze.

Het waren maar vijf woorden, maar ze sloegen als stenen
tegen mijn hoofd.

'Turkije,' fluisterde ik, 'je gaat alleen naar Turkije.'

'Als hij niet doet wat hij beloofd heeft, ga ik alleen.'

Ik zag hoe ze het nazarsteentje tussen haar lippen stopte

en weer liet wegfloepen. De geur van roestig ijzer was heel sterk. Iemands geur is vaak sterker als hij opgewonden is, dacht ik nog.

'Hij is verliefd op Dille, Joeri. Mijn vader is verliefd op jouw moeder.'

'Ik vind het ook raar,' zei ik. 'Maar het kan toch.'

'Ik wil het niet meemaken.'

Ik kreeg het ineens vreselijk warm en verslikte me in mijn woorden.

'Je kunt toch niet zomaar... Ik bedoel, waar moet je slapen?'

'In de auto natuurlijk.'

'Misschien gaat Osman toch nog met je naar Turkije.'

'Denk je dat echt?'

'Mam kan hem ompraten, Nesrin. Ik zal het haar vragen.'

Maar ik wist dat Nesrin al besloten had weg te gaan. Het beertje en de foto van haar moeder hingen ook niet meer aan het dashboard. Die had ze natuurlijk al ingepakt om mee te nemen. Ze deed niet zomaar iets. Ze had nagedacht, ze had alles al geregeld. Ze zat in de wegdroomauto om nog even afscheid te nemen van de plek. Misschien had ze op mij zitten wachten. Alleen naar Turkije: we hadden er wel eens over gepraat. Ze had eerder gezegd dat ze in haar eentje wegging als Osman het weer vergat. We hadden er serieus over gepraat: wat moest je meenemen, welke route volgde je, hoe kwam je de grens over. Maar het was voor mij vooral spel geweest. Nu het echt was kon ik het me nauwelijks voorstellen.

'Heb je wel een goede auto?' vroeg ik.

'De Volvo, wat denk je! Ik heb hem gerepareerd.'

'Het is de auto van Bruno Levie.'

'Nou?'

'Hij wil er zelf in weg. Je kunt die auto niet zomaar meenemen.'

'Hij is zijn rijbewijs kwijt.'

'Alsof jij er een hebt!'

Nesrin in haar eentje in de oude Volvo naar Turkije? Ze

kon autorijden als de beste, maar ze had geen rijbewijs. Er hoefde maar één nieuwsgierige agent naar binnen te kijken en het was mis. En wat vond ze in Turkije als ze er ooit kwam?

'Ik heb Levie gebeld,' zei ze. 'Als hij toch niet meer in de Volvo kan rijden dan mag ik hem gebruiken. Dat vindt hij goed.'

We zaten elkaar even zwijgend aan te kijken. De ijzergeur kriebelde in mijn neus. Ik dacht paniekerig: ik heb de *Rozenroest* nog niet in een potje. Zonder die geur zal ik haar nooit goed in mijn hoofd kunnen zien. Al dagen lang dacht ik bijna elk ogenblik aan haar. Ik kon me het leven niet voorstellen zonder haar.

'En ik dan?' vroeg ik. 'We zouden toch…, ik bedoel…'

'Jij komt later ook,' zei ze. 'Zullen we elkaar dat beloven?'

Ze zwiepte haar haar naar achteren. Haar mond stond een beetje open.

'De klaprozen op de berghelling,' zei ik. 'Dat is toch waar, hè?'

Ik greep haar arm vast. En weer kwamen de vragen boven. Wist ze de weg naar Turkije door al die vreemde landen? Woonden er in de Zviccyn-vallei nog wel mensen die ze kende? Osman had gezegd dat het water van de Rode Rivier het hele dorp had opgeslokt. Het huis, het ezelhok, haar school. Zelfs het graf van Nesrins moeder lag op de bodem van het stuwmeer.

'En heb je wel genoeg geld, Nesrin?'

'Je kunt overal geld verdienen.'

Ze had gelijk. Ik had het zelf gezien toen ik met mam op vakantie in Frankrijk was. Er stonden mensen doodstil op straat geld te verdienen. Je zette gewoon een bakje op de stoep, je deed een standbeeld na en voor je het wist zat het bakje vol geld.

'Ik heb nog geen zaklantaarn,' zei ze. 'Kan ik die van jou lenen, Joeri?'

Ik was blij dat ik even weg kon om na te denken. Ik rende

naar huis om een zaklantaarn te halen. Even dacht ik eraan dat ik mam kon bellen, Osman kon waarschuwen. Dan zou ik Nesrin verraden. Maar moest ik dan zo meteen bij het hek gaan staan, haar uitzwaaien en vanavond gewoon naar bed gaan? Eigenlijk hoefde ik niet lang na te denken: ik wist al wat ik ging doen. Ik ga mee, dacht ik, ik laat haar niet alleen. Ik besefte nauwelijks wat de gevolgen waren. Mam wist bijvoorbeeld nog van niks. Maar ik kon er ook niet met haar over praten. Ik hoorde haar al:

'Je bent dertien, Joeri. Dan kun je toch niet alleen op reis gaan.' Of: 'Het is een meisje, Joeri. Het is gevaarlijk!'

Die bezorgdheid was natuurlijk onzin. Waarom zouden we ons niet kunnen redden? We hadden nog geen rijbewijs, dat was waar, maar er was niemand die zo goed kon autorijden als Nesrin. We zochten een baan in Turkije. Ik kon misschien in een hotel werken. Desnoods werd ik schoenpoetser. Dat deden jongens zo oud als ik daar op straat. En anders verdiende Nesrin wel geld. Ze was zo lenig dat ze op het dak van een auto een salto kon maken. En ze kon buikdansen. Buikdansen in een rokje met rinkelende belletjes. Dat vinden toeristen mooi en dan geven ze veel geld. Ik greep de zaklantaarn en rende terug. Nesrin stond al te wachten bij de Volvo.

'Nesrin,' riep ik. 'Ik ga mee. Ik ga met je mee.'

Ze kwam ineens op me af rennen. Haar stem was raar.

'Ik wist het wel,' riep ze. 'We gaan samen naar Turkije.'

Mijn hoofd bonsde, in mijn oren suisde het. Ik voelde me zo opgewonden. Op dat moment had ik overal met Nesrin heen willen reizen.

Ik rende nog een keer naar mijn kamer, nu om wat kleren te halen. Ik zocht ook nog een stel autokaarten en gooide alles snel in mijn tas. Toen schreef ik een briefje voor mijn moeder. Ik legde het op de klep van de piano. Nog één keer keek ik de kamer rond. Op de piano lag mijn mobieltje. 'Nooit een mobieltje meenemen,' had Nesrin laatst gezegd. 'Ze gaan je bellen en ze kunnen zo nagaan waar je zit als je zelf belt.' Ik aarzelde even, maar stopte het toen toch onder in mijn tas.

Nesrin had al eerder spullen in de Volvo gebracht. Ze kwam me ophalen. Het was half negen. Mam was nu klaar op de Muziekschool. Maar Osman ging vast nog ergens met haar koffiedrinken. En anders had hij wel ruzie gekregen met de dirigent en moest er bijgepraat worden. Nesrin had de Volvo een beetje opgeknapt. Ze had het bloed van de voorruit gepoetst. Aan de deuken had ze natuurlijk niks gedaan. Maar het scharnier van de ene deur had ze gelast. De kapotte zijruit had ze eruit geslagen en dichtgemaakt met plastic. Je kon er niet zo goed door kijken. Kwam het daardoor dat ik hem niet direct zag zitten?

Toen ik de deur opentrok keek hij me recht aan. Hij zat breeduit midden op de achterbank. Zijn ogen schitterden, de huid rond zijn ene oog was diepblauw. Het verband om zijn hoofd zat voor het grootste deel weggestopt onder een hoedje. Hij keek een beetje benauwd, alsof hij verwachtte dat ik kwaad zou worden.

'Kom er gauw in,' zei hij. 'We kunnen geen tijd verliezen. We moeten Rachels olijf naar het Vlinderdal brengen.'

Hij hoestte en hield de ene hand met het verband erom tegen zijn mond. Met zijn andere hand drukte hij een plastic tas tegen zijn borst. Ik had nog niet eerder de koperpoetsgeur in de Volvo zo scherp geroken. En nog steeds wist ik niet waar die geur vandaan kwam. Nesrin slingerde haar tas op de achterbank en trok het portier dicht. Aan het schuifje van de kachel hing het beertje al. Ze startte de auto.

'Rijden maar,' zei Bruno Levie.

Nesrin had nauwelijks naar achteren gekeken. Was ze helemaal niet verbaasd dat Levie op de achterbank zat? Ze wist het, dacht ik, ze wist dat Levie mee zou gaan.

9. De beervlinders uit het Vlinderdal

'Misschien zijn er Beervlinders in Turkije,' zei Nesrin.
'Dan heten ze daar natuurlijk Ayi-kelebekler.'

Een tien meter lang been van mam lag op het grasveldje voor het kantoor. De neonlichten aan de gevel van Osmans loods brandden al. Hoogstens nog een half uur, dan was het donker. Nesrin had haar lippen stijf op elkaar gedrukt. Ze reed de Volvo de poort uit alsof ze dat dagelijks deed. Ik wist dat ze het kon: ze had zoveel rondgecrost op het sloopterrein dat ze alles kon met een auto. Misschien zou het verkeer moeilijker zijn: tussen de sloopauto's had ze nooit tegenliggers gehad.

Vanaf het eerste moment leek het de gewoonste zaak van de wereld dat Bruno Levie meeging. Hij hoorde bij ons, met een hoedje op achter in zijn eigen auto. Hij leek een opa die op zondagmiddag mee uit mag. De ene kant van zijn gezicht was opgezwollen. Zijn oog zat in een spleetje. Hij tilde de plastic zak omhoog en zwaaide hem heen en weer.

'Lebber vond hem,' zei hij. 'Hij zat toch in de Volvo, hè! We brengen hem naar Rachels olijfboom.'

Het drong niet direct tot me door waar hij het over had. Er was ook geen tijd om met hem te praten. Ik was net zo opgewonden als Nesrin: ik moest haar helpen bij het zoeken van de weg. Ze had de stoel ver naar voren geschoven en zat gebogen over het stuur. Het lange haar hing over haar handen. Het nazarsteentje tikte af en toe tegen het stuur.

'Ga je binnendoor naar de grens?' vroeg ik.

'Die kleine weggetjes ken ik goed.'

Ze had al zo vaak met haar vader over de binnenwegen gereden om een autowrak op te halen. Het gaf haar tijd om te wennen aan de andere auto's. Pas na de grens kwamen de onbekende wegen. Dan moesten we natuurlijk ook naar drukke autosnelwegen. Ik wist nog niet waar we precies langs zouden gaan. Het maakte me niet uit: we reden naar

Turkije, naar de Zviccyn-vallei, dat wist ik en de rest zagen we later wel.

Nesrin reed eerst voorzichtig en overdreven keurig rechts. Maar na een half uur leunde ze naar achteren en kneep ze niet meer zo in het stuur. Het was nu ook al donker geworden. Nesrin had de lichten aangedaan. We reden langzaam door een dorpje en kwamen op een weg met bomen. De koplampen schenen een gang in de schemer. De witte bermpaaltjes flitsten rood knipogend voorbij. Bij elke bocht kraakte er iets onder de auto en het plastic waarmee Nesrin de zijruit had dichtgeplakt flapperde.

Bruno Levie was achterin een schim geworden. Soms zag hij buiten iets en dan knoopte hij er een verhaal aan vast. Hij praatte hardop tegen Rachel en zei dat hij er aan kwam. Nesrin en ik gingen er niet op in. Hoe het allemaal verder met hem moest wist ik niet. Misschien kon Levie als wij eenmaal in Turkije waren het laatste stuk alleen rijden. Misschien konden we hem ergens op de trein zetten.

Ik dacht aan mam. Was ze nog met Osman in de stad of waren ze al weer thuis? Dan had ze mijn briefje al gelezen. Ze was direct naar boven gelopen om te kijken of ik echt weg was. Ze kwam altijd boven als ze laat thuiskwam. De geurpotjes stonden thuis nog op mijn bureau. Ik was me al een tijdje niet bewust geweest van geuren. Zelfs de *Rozenroest* was ik even vergeten. Maar nu sprong de geur van koperpoets weer naar mijn neus. Op de achterbank hoorde ik Bruno Levie hoesten. Zijn hand ritselde door de plastic tas.

'Lebber heeft de tas ingepakt,' zei hij. 'Die jongen heeft er zelfs een appel en een broodje in gedaan. En ook de botersnoepjes.'

Hij hield iets omhoog, maar ik kon niet goed zien wat het was. Wel dat het glansde alsof het van goud of koper was.

'De koperen olijf,' zei hij. 'Ik breng hem naar de boom van Rachel.'

Ik keek nieuwsgierig naar achteren. Ik had gedacht dat het iets kleins was, een soort sieraad. Maar wat hij omhoog

hield leek eerder een bal. Nesrin knipte de binnenverlichting
aan en gluurde in de achteruitkijkspiegel.

'Wat heb je daar?' vroeg ze.

'Zelf gemaakt voor Rachel,' zei Levie, 'Ik ben kopersmid
geweest, hè.'

Nesrins was even bezig met een bocht en een routebord.

'Koperen kruiken, ketels, vazen, ik heb zoveel van die
dingen gemaakt,' zei Levie. 'Maar dit moest de mooiste worden.'

Hij hoestte en drukte met zijn verbonden hand op zijn
keel.

'Ik was hem kwijt,' bromde hij. 'Hij is mooi, hè?'

De geur van koperpoets prikte in mijn neus. Wat bedoelde
hij met kwijt? Had dat ding misschien in de auto gezeten?
Was dat de vreemde geur die ik al die tijd in de Volvo geroken had? Rook het koper zo of had Levie hem gepoetst met
koperpoets?

'Is het weggeraakt bij het ongeluk?' vroeg ik.

'Onder het dashboard geschoten, denk ik. Lebber heeft in
de auto gezocht. Doodgoeie knul, die Lebber, hè.'

Ineens begon ik meer te begrijpen. Levie had die Lebber
laten zoeken naar de koperen olijf. Was het dan Lebber
geweest die we een paar keer bij de Volvo hadden gezien?

'Het is een soort grafsteen, hè?' zei Nesrin. 'Je gaat die
olijf zeker op Rachels graf leggen.'

Ik zag letters op de koperen olijf.

'Staat Rachels naam erop?' vroeg ik.

Bruno Levie knikte en begon te hoesten. Zijn adem
schuurde piepend door zijn keel. Hij liet de koperen olijf in
zijn schoot zakken en wuifde met zijn hand.

'Laat me maar even,' hijgde hij.

Hij leunde achterover en deed zijn ogen dicht. Zijn hoest
echode langzaam weg. Nesrin remde en stopte op een kruis-
punt. Ze tuurde naar een verkeersbord en trok weer op. Het
viel me nu pas op dat ze geen brommerhelm op had. Ze ging
harder rijden. We waren ruim een uur onderweg. De auto

bromde, het plastic op de zijruit klapperde. Ik keek naar de wijzertjes op het dashboard. Nergens rode alarmlampjes. Het beertje schommelde aan het touwtje.

'Heb je getankt voor we weggingen?' vroeg ik.

'We komen een heel eind,' zei Nesrin.

'Wat zullen ze zeggen als we gaan tanken?

'Levie moet dan maar even achter het stuur gaan zitten.'

Ik hoefde me niet ongerust te maken: Nesrin had overal voor gezorgd. Ze had met een slangetje de benzine uit de tank van sloopauto's gehaald. Misschien had ze zelfs een jerrycan achterin gelegd. In ieder geval had ze gevulde koeken en blikjes frisdrank meegenomen. Ik haalde een koek uit de zak, gaf Levie er ook een. Hij knabbelde er een poosje zwijgend op. Even leek het alsof we vakantie hadden. We reden door de nacht en straks kwamen we op een camping waar we avonturen zouden beleven.

'Heb ik al over de Beervlinders verteld?' vroeg Levie onverwachts.

'Beervlinders? Wat zijn Beervlinders?'

Levie gooide zijn hoedje op de bank en voelde aan het verband om zijn hoofd.

'De vlinders in het Vlinderdal. Achter het huis van Sjoek.'

Wij hoorden dat Sjoek en Moek bij het meer van Galilea hadden gewoond. Achter het huis stond eerst die olijf van Rachel. En dan kwam het dal met de amberbomen. Eerst nog breed, tot het steeds smaller werd en verdween in een kloof in de bergen. Daar hoog in de bergen was ook de grens met Syrië.

'Op die amberbomen zitten vlinders. Alleen op die plek heb je ze. Nergens anders staan amberbomen in Israël.'

'Misschien zijn er Beervlinders in Turkije,' zei Nesrin. 'Dan heten ze daar natuurlijk Ayi-kelebekler.'

'Zijn er wel amberbomen?' vroeg ik.

'Vast niet,' zei Levie. 'Die bomen komen uit Azië. Ze groeien ook niet zomaar in Israël.'

Het moesten bijzondere bomen zijn. Een Perzische prins

had ze volgens Levie in het Vlinderdal gepoot. Omdat ze zo lekker roken naar de prinses op wie hij verliefd was. Dat lekkere vanillegeurtje was de ambergom die in druppels op het blad kwam. Ze maakten er vroeger schoenpoets van, en ook wel zalfjes tegen rimpels. Maar het bijzondere was dat de geur van ambergom vlinders aantrok. Bij duizenden kwamen ze op de bomen af om te snoepen van het zoete spul. Nachtvlinders waren het, met prachtige oranje achter-vleugels.

'Overdag verstoppen ze zich in de struiken. Maar weet je dat je ze kunt roepen?'

Hij haalde iets uit zijn jaszak en drukte het in mijn hand. Het was een klein fluitje. Het mondstuk was verchroomd, de rest leek op een stukje vishengel. Het lag koud in mijn hand.

'Het is Sjoeks bamboefluitje,' zei Levie. 'Sjoek blies erop en dan werden alle vlinders wakker.'

Het was zo lang geleden. Levie had niet alles zelf gezien. Hij had het van Rachel gehoord. Hoe de vlinders om haar hoofd wolkten, op haar gezicht, haar armen gingen zitten. Rachel had het bamboefluitje van Sjoek gekregen en Levie weer van Rachel.

'Ben je er zelf nooit geweest?' vroeg ik.

'Later, toen ik in Israël woonde elke week. Ik heb het fluitje ook wel eens geprobeerd. De vlinders zijn er nog, hoor. Maar Sjoek en Moek niet meer, hè.'

'Rachel ook niet?'

'Rachel ook niet.'

Ik stak het fluitje tussen mijn lippen en blies vlak bij Nesrins oor.

'Ik hoor niks,' zei ze.

'Omdat jij geen vlinder bent,' zei Levie. 'Het geluid is te hoog voor onze oren. Maar vlinders horen het wel. Ik zal het laten zien als we in het Vlinderdal zijn.'

'Horen alleen vlinders het?'

'Ik denk ook andere dieren. Maar dat heb ik nooit gepro-beerd.'

Nesrin bromde en ging langzamer rijden.

'Moeten we rechtdoor of hier afslaan?' vroeg ze.

Ik gaf het fluitje terug aan Levie en pakte de autokaart. Levie keek over mijn schouder mee. Ik hoorde zijn adem door zijn keel piepen.

'Je moet wel wat harder rijden,' zei hij tegen Nesrin. 'We moeten voor het donker in het Vlinderdal zijn.'

Ik noemde hardop de namen van de dorpen waar we door gekomen waren, het dorp waar we heen moesten. Uit de tas van Bruno Levie klonk geluid. Drie piepjes kort achter elkaar. Geeft het fluitje nu toch geluid, dacht ik. Stom natuurlijk! Ik had toen direct al moeten weten dat het iets heel anders was.

10. Olijfblaadjes onder je hoofdkussen

'Hij is lief,' zei ze. 'En bijzonder, hoor! Hij ruikt dat ik van ijzer ben.'

De reis door het donker leek op de vakanties van vroeger. Toen reden we ook vaak 's nachts. Mam had dan een tas met broodjes meegenomen. Ze gaf ze in het donker door en waarschuwde dat ik niet moest morsen. Ik luisterde naar het zoemen van de motor, naar de stemmen, tot ik op de achterbank in slaap viel. En als ik wakker werd waren we bij de veerboot naar Zweden.

Achter uit de schemer van de Volvo kraakte Levies stem. Hij vertelde van de jaren dat hij kopersmid was in Griekenland. Van later toen hij in Israël woonde. Soms neuriede hij of hij zong een paar regels in een taal die we niet verstonden. Het was bijna gezellig in de oude Volvo. Maar ik moest niet aan thuis gaan denken, aan mam en Osman: dan ging het mis. Het liefst had ik even met mam willen praten, maar ik durfde het mobieltje in mijn tas niet te gebruiken. Nesrin wist niet eens dat ik het meegenomen had. Zij had haar telefoon met opzet thuis gelaten: 'Dan gaan we misschien toch bellen, Joeri. Of ze bellen ons.'

Levie moest nog steeds hoesten en na elke hoestbui zei hij een poosje niks. Nesrin was stiller dan anders. Natuurlijk omdat ze dacht aan alles wat er ging gebeuren in de drie dagen dat we onderweg zouden zijn. Mijn hoofd zat ook vol vragen. Konden we gewoon gaan wonen in Turkije? Er moest nog familie van Nesrin zijn. Of we zochten een huis in een dorp waar niemand meer woonde. Belangrijk was ook of Nesrin er echt altijd wilde blijven. Had je daar niet net als bij ons een verblijfsvergunning voor nodig? Stopten ze je dan eerst in een asielzoekerscentrum?

'Moet je straks een hoofddoekje om?' had Bruno Levie eerder nog gevraagd. En Nesrin had uitgelegd dat niemand verplicht een hoofddoek hoefde te dragen. Attaturk, de stichter van de republiek Turkije, had gezegd dat elke vrouw vrij was om dat zelf uit te maken. Misschien wordt het gewoon een vakantie, dacht ik. De vakantie die Nesrin eigenlijk met haar vader had moeten maken. Na een paar weken zouden we alles in de Zviccyn-vallei bekeken hebben en terug naar huis gaan.

'Weet je de weg door Duitsland en al die andere landen?' vroeg ik.

Ik hoorde dat ze het nazarsteentje uit haar mond liet floepen.

'Alles zit in het dashboardkastje.'

Ik haalde er een stapeltje papieren uit en bekeek ze met mijn zaklantaarn. Ze had de hele route uitgezocht. Alle steden waar we langs moesten stonden op een rij. We kwamen door landen als Oostenrijk, Joegoslavië en Bulgarije.

Bruno Levie viel even in slaap en werd met een diepe snurk weer wakker. Hij pakte zijn tas en zocht erin. Tussen de leuningen van onze stoelen door kwam zijn hand met een trommeltje. Ik viste er twee botersnoepjes uit. Levie bleef met zijn hoofd tussen de stoelen hangen.

'Vinden jullie elkaar leuk?' vroeg hij.

Nesrin lachte met een kort hikje. De Volvo maakte een zwiep naar links.

'Hij is lief,' zei ze. 'En bijzonder, hoor! Hij ruikt dat ik van ijzer ben.'

Het begin van de vrolijke lach die ik de hele tijd in de auto nog niet gehoord had. Ik voelde het bij mijn oren warm worden. Gelukkig kon ze niet zien dat ik een rode kop had. Levie hoestte kort.

'Je moet olijfblaadjes onder je hoofdkussen leggen,' zei hij. ''s Nachts als je slaapt.'

'Eerst weten wat er dan gebeurt,' zei Nesrin.

'Dan blijf je altijd verliefd.'

'Die blaadjes wil ik wel.'

'Ik pluk ze voor je van Rachels boom.'

De Volvo stokte even. Onder de motorkap bonkte er iets. Nesrin nam gas terug en schakelde. Op het dashboard flikkerde een geel lampje. Ik keek naar de benzinemeter. Het wijzertje stond nog ver over de helft.

'De ventilatorriem,' zei Nesrin. 'We moeten in de gaten houden of de dynamo wel oplaadt.'

We reden weer door een dorpje, schrokken toen een politieauto uit een zijstraat kwam. Nesrin rekte zich uit en ging kaarsrecht zitten. Ze remde af en gaf keurig voorrang. Gelukkig was het donker. Ze haalde diep adem en we reden weer.

'Hoe zit dat met dat ijzer,' vroeg Levie. 'Hij ruikt dat je van ijzer bent, zei je? Ik ruik niks.'

'Hij heeft een bijzondere neus,' zei Nesrin. 'Hij ruikt of je rookvlees of kaas tussen je boterham hebt, hoor! En hij vindt dat ik naar roestig ijzer ruik.'

Levie tikte met zijn ring op de koperen olijf.

'De geur van roestig ijzer,' zei hij. 'Is dat wel een lekkere geur?'

'Het wordt een beroemde geur,' zei Nesrin. 'Joeri noemt het *Rozenroest*.'

Ik vertelde Levie hoe je geuren ontdekt. De meeste mensen kennen een paar geuren. Ze weten hoe brood ruikt, azijn, poep, zweet, bloemen enzo. Maar er zijn ook bijzondere geuren. Hoe ruikt bijvoorbeeld de schors van een populier? Hoe als je die een tijdje in het water legt? En als je er dan ook nog schoensmeer op doet?

'Ik kan niet zo goed ruiken,' zei Levie. 'De oorlog, hè. Ze sloegen mijn neus kapot met de achterkant van een geweer.'

Hij voelde even aan zijn gezicht.

'Als je niet goed ziet is er een bril,' zei Nesrin. 'En als je gehoor slecht is krijg je een gehoorapparaat. Maar wat heb je als je niet goed ruikt?'

'Daar is niks voor,' zei ik.

'Wat ruik je nu zo al?' vroeg Levie.

Ik somde op:

'Roestig ijzer, natuurlijk. En de koperen olijf. Ook zalf en zeep, van het verband denk ik. En dan een beetje een brandgeur en het zoet van snoepjes.'

Ik realiseerde me ineens dat de laatste twee geuren nieuw in de auto waren. Snoepjesgeur? Het was niet de geur van de botersnoepjes. Nesrin schakelde terug van vier naar drie. Het beertje tikte tegen mijn knie. We reden door een dorp en kwamen op een rechte weg met bomen. Nesrin keek veel in de achteruitkijkspiegel.

'Hij maakt mijn geur na,' zei ze.

'Namaken?' vroeg Levie. 'Hoe doe je dat?'

'Je begint met roestig ijzer,' zei Nesrin. 'En dan moet er nog wat bij. Wat moest er ook al weer bij, Joeri?'

'Remolie en koperpoets,' zei ik. 'Tenminste dat dacht ik. Maar misschien is het toch het sap van Zviccyn-olijven.'

Levie trok zich op aan mijn stoel. Zijn hoofd zat vlak bij mijn oor.

'Waarom doe je dat als ze er zelf is?' vroeg hij.

'Ze is er niet altijd,' zei ik. 'Als ze er niet is en ik ruik die ijzergeur dan zie ik haar weer in mijn hoofd.'

'Hij wil mij altijd zien,' zei Nesrin.

'Ja, ja,' mompelde Levie. 'Dat snap ik. Dat heb je als je van iemand houdt.'

Hij hoestte en haalde piepend adem. Mijn oren gloeiden weer. Ik vertelde gauw dat het namaken van een geur heel moeilijk was. Tenminste op de manier waarop ik het deed. In een laboratorium maakten ze chemische nepgeurtjes en daar bedachten ze een formule voor met een E-nummer. Lang zo mooi niet als de namen die ik gaf: *Engelenzweet* (sap uit paardebloemen), *Duister Verdriet* (inkt met sap van kersen), *Rozenroest*...

Bruno Levie had weer lucht.

'Ik heb dat met dingen van vroeger,' zei hij. 'Met het bamboefluitje bijvoorbeeld. Als ik het fluitje zie komt Rachel terug. Dat is eigenlijk hetzelfde als wat Joeri doet.'

Ik wilde hem nog vertellen waarom je sommige geuren lekker vond en andere vies. Levie was er nieuwsgierig naar, maar Nesrin kwam er tussen.

'Nou even opletten,' zei ze. 'Pak de kaart, Joeri. Ik ken deze weg niet meer.'

Ze kauwde het botersnoepje stuk en keek in de spiegel. Ik vouwde de kaart uit en pakte de zaklantaarn. Het laatste dorp waar we doorgekomen waren had ik zo gevonden. We reden nu dicht bij de grens. Op de kaart zag ik veel groen. Nergens meer het rood van bebouwing. We reden een poosje door. Een lange rechte weg. Rechts was het bos verdwenen. Maar er was geen omgeploegd land, eerder heideveld. Ik kon het moeilijk zien vanuit de auto.

'Olijfolie is goed voor de pijn in mijn borst,' zei Levie.

'Hebben we niet,' zei Nesrin kort. 'Doe maar een deken om.'

Levie frommelde aan het plastic op de kapotte zijruit. Zijn helderheid leek weer af te nemen. Hij zette zijn hoedje weer op en leunde achterover. Nesrin begon langzamer te rijden.

'Ik zag autolampen achter ons,' zei ze. 'Toch niet die politieauto?'

Ze hield het stuur met twee handen vast en drukte haar kin naar beneden. Haar lippen zochten het gelukssteentje. De Volvo begon weer te stoten. Onder de motorkap tikte het alsof er iets aanliep. De zoete snoepjesgeur was ineens heel sterk.

'Wat is dat?' vroeg Levie. 'Dat geluid in de motor ken ik niet.'

'We stoppen hier even,' zei Nesrin.

Ze remde af en zwenkte naar links, een zandweggetje in. Ik denk dat ze van de weg af wilde voor het geval er toch een politieauto achter ons zat. Ze reed langzaam een eind door en nam even later een zijweg naar rechts. We plonsden door een plas. Onder de auto bonkte het gevaarlijk. Levie kreunde.

'De duiven komen terug,' hoorde ik hem zeggen. 'Pas op, er zijn overal wachtposten. En ze hebben honden.'

We hoorden een knap onder de motorkap. Gepiep van iets wat vastliep. Weer een knap. De auto begon te hobbelen en te bonken. Een brandlucht plofte de auto binnen. Van onder de motorkap kwam rook die dampte in het licht van de koplampen. De auto bonkte nog een keer en stond ineens stil.

'Wat doe je?' riep ik.

'Nee,' gilde Nesrin, 'dat kan niet. Geen pech, hè.'

Ze draaide het contactsleuteltje om. We hoorden een tik, niet de jengel van een startmotor. Nesrin liet haar hoofd even op het stuur zakken. Alsof ze zich verstopte onder het lange haar. De stem van Bruno Levie kwam ongerust van achteren.

'Is dit wel een goede picknickplaats?' vroeg hij.

Onder onze voeten siste het. De zoete lucht van snoep kroop de auto binnen. Ver weg een vreemd geluid, alsof er iemand schreeuwde. Kwam het geluid uit het bos?

11. Het bamboefluitje van Bruno Levie

'Je moeder leeft nog in je hoofd. Daar zie je haar alsof ze
er nog is. Je kunt met haar praten als je dat wilt.'

Hoe moet ik het uitleggen: het was een verschrikkelijke nacht en toch was het prachtig. Snap je dat als ik het zo zeg? Er was zoveel wat ons bang maakte. De auto deed het niet meer, we zaten op een verlaten plek in het donker en Bruno Levie ging steeds meer hoesten. Later in de nacht begon het ook nog koud te worden in de auto. En toch was het mooi en bijzonder. Misschien omdat Nesrin en ik met zijn tweeën op stap waren. Nou ja, op de achterbank reisde nog iemand mee. Maar Bruno Levie hoorde erbij, hij was een beetje onze opa.

Eerst dacht Nesrin nog dat ze de auto zelf kon repareren. Ze ging naar buiten en deed de motorkap open. Ze hing een poosje met mijn zaklantaarn over de motor en smeet de kap weer dicht. Zo hard dat er een vogel uit een boom fladderde. Ze kwam weer binnen en draaide het contactsleuteltje nog eens om. De startmotor tikte, maar zette niet door. Links van ons glinsterde water. Het bospad en de donkere omtrek van bomen rechts.

'Het is een oude rotauto,' riep Nesrin kwaad.

Ze sloeg met haar vuisten op het stuur. Ik deed het binnenlampje aan. Bruno Levie had zijn hoedje weer afgezet en zocht in de plastic tas. Hij had zich zover gebukt dat zijn gezicht bijna in de tas verdween. Aan beide kanten van zijn hoofd staken plukken haar uit het verband. Ik rook weer de geur van de koperen olijf. Maar veel sterker was de zoete geur die uit de motor kwam. Wat gaf in een auto een zoete geur? Bruno Levie leunde naar voren en legde een hand op Nesrins schouder. Het was de hand die in verband zat.

'Niet kwaad zijn,' zei hij. 'We wachten tot er iemand langskomt. Die helpt ons wel.'

Ik keek op de kaart. We moesten vlak bij de grens zijn.

Dorpen waren hier niet in de buurt. Sommige plekken op mijn kaart waren paars. Vroeger hadden ze hier veen afgegraven. Nu was het een natuurgebied met heide en berkenbos. Pas drie, vier centimeter verder op de kaart was er weer het rondje van een dorp.

'We moeten wachten tot het licht wordt,' zei ik.

Ik zocht een blikje frisdrank voor Nesrin in de tas. We aten een gevulde koek.

'Zal ik nog iets over de vlinders in het Vlinderdal vertellen?' vroeg Bruno Levie.

'Hou alsjeblieft op,' riep Nesrin. 'We zitten hier in het bos met een kapotte auto. En dan praat er iemand over vlinders.'

Ze schrok van haar eigen kwaadheid. Ze deed de autoradio aan en direct weer uit toen daar ook iemand praatte. Haar nagel tikte tegen het beertje aan het verwarmingsschuifje.

'Sorry,' zei ze over een schouder. 'Het is jouw schuld ook niet. Vertel maar van die vlinders, Levie.'

Het viel me op dat ze 'jij' tegen Bruno Levie zei. Misschien zei ze het al langer. Het gaf me het gevoel dat we Levie al jaren kenden. Levie hoestte en keek naar Nesrin. Wat aarzelend, wat benauwd, alsof hij toch bang was voor haar kwaadheid.

'Nou ja,' zei hij, 'als er een vlinder op je hand gaat zitten mag je een wens doen.'

'Rachel heeft een wens gedaan, hè?' zei Nesrin.

'Het was een wonder,' zei hij. 'Waar we elkaar leerden kennen waren geen vlinders. Er was daar geen kleur, weet je. Geen gras, geen bloemen. Alles was grijs, modderig, mistig. En overal rook je de dood.'

'Waar was dat?' vroeg ik zachtjes.

Levie leek mijn vraag niet te horen.

'Rachel had het bamboefluitje van Sjoek gekregen. Ze blies erop. Ze durfde het. De soldaten konden het geluid toch niet horen. En toen kwam die vlinder voorbij. Een prachtige vlinder. Oranje vleugels had hij. O, wat mooi was dat.'

Hij zoog de adem diep in en slikte de hoest weg.

'Deed Rachel toen een wens, Bruno?'

'Wij twee, we zouden elkaar weerzien in het Vlinderdal.'

In het bos schreeuwde een nachtvogel. In de auto siste er iets. We wachtten tot Levie verder zou vertellen. Maar hij boog zijn hoofd en bleef zo zitten. Het verband over zijn voorhoofd was groezelig. Ineens dacht ik: Die wens is nooit uitgekomen! Ik durfde niet te vragen hoe het verder gegaan was. Wanneer was Rachel gestorven? Waar was ze gestorven?

Levie boog zich naar voren. Zijn hoofd zat onder het plafondlampje. Op het kale stuk was een korst opengegaan. Het bloed kroop in zijn grijze haar. Hij keek naar Nesrin en tilde zijn hand op boven haar hoofd, maar trok hem ook weer terug.

'Ik laat je de vlinders in het Vlinderdal zien,' zei hij. 'En dan moet je ook een wens doen.'

Hij liet zich even achterover zakken. Ik hoorde zijn de adem reutelen. Hij hoestte en wreef over zijn borst.

'We zoeken allebei iemand die er niet meer is. Ik zoek Rachel, jij je moeder, Nesrin.'

Zijn ogen schitterden en bij zijn neus glinsterden zweetdruppels. Was het zo warm in de auto? We wachtten tot hij weer kon praten.

'Rachels olijfboom is er nog,' zei hij, 'maar Rachel niet meer.'

'Mijn moeder ook niet.'

Hij rommelde in zijn jaszak en haalde er het bamboefluitje uit. Hij stak het tussen de stoelen door en hield het voor het gezicht van Nesrin.

'Het bamboefluitje heb ik nog. Als ik het vasthoud zie ik Rachel. Heel scherp, alsof ik met haar in de boomgaard zit. Ze is niet weg, hoor! Ze stierf toen ze achttien was en toch is ze al zestig jaar bij me. We zijn nooit getrouwd en toch ben ik al zestig jaar met haar getrouwd. We hebben kinderen die er niet zijn. Ik zie haar elke dag terwijl ze er niet is. Dat kan allemaal met het fluitje van Sjoek.'

Zijn hand trilde toen hij het bamboefluitje in zijn mond deed. Het piepte in zijn borst alsof het daar roestig was. Hij stak het fluitje weer in zijn jaszak. Nu moesten we vragen hoe het precies zat met Rachel, maar we durfden niet. Ze was achttien jaar geworden, zei Levie. Wat was er toen gebeurd? Nesrin knipte de koplampen even aan. In het licht danste een nachtvlinder. Hier ook al een vlinder! Ik had ineens heimwee naar huis. Ik moest morgen bellen: Mam was altijd zo onge- rust. Ze had de potjes met koperpoets en remvloeistof natuurlijk gevonden. Mijn lieve mam, wat had ik gedaan? Ik zou tegen haar aan willen leunen. Kon me niet schelen als iemand het zag. Even haar geur opsnuiven. Mam, ze hield zoveel van haar piano dat ze er soms naar rook.

Bruno Levies stem kwam weer van de achterbank. Hij praatte snel, alsof hij bang was dat zo meteen de luikjes in zijn hoofd weer zouden dichtgaan.

'Iemand die dood is, is niet weg, Nesrin. Je moeder leeft nog in je hoofd. Daar zie je haar alsof ze er nog is. Je kunt met haar praten als je dat wilt. Probeer maar eens te luisteren in je hoofd.'

De zin was te lang voor zijn adem. Ik hoorde hem tussen- door hijgen. Was wat hij zei precies hetzelfde als wat ik met de geuren deed? Ik rook de Desertfresh en zag weer hoe mijn vader het vroeger opdeed. Levie zag met het bamboefluitje Rachel. Of bedoelde hij toch nog iets anders? Al zestig jaar zag hij zijn vrouw alleen in zijn hoofd. Hij had het over kin- deren die er niet waren. Hij zag dus ook wat nooit gebeurd was. Kon ik dat ook met de geur van Desertfresh, misschien met de geur van roestig ijzer?

Nesrin liet haar hoofd op het stuur zakken. Haar haar gleed door de spaken.

'Ophouden,' riep ze. 'Ik wil dat niet. Dat is onzin.'

Ze stampte met haar voeten. Het beertje viel op de grond.

De hoest van Bruno Levie hield lang aan, een schorre hoest. Hij deed zijn mond ver open alsof hij geen lucht genoeg kreeg. Hij hijgde een poosje uit.

'Laten we maar een tukje doen,' zei hij. 'Dan zijn we straks weer fris.'

Hij kroop in een hoekje, nam de plastic tas op schoot en haalde de koperen olijf eruit. Hij bekeek hem en poetste hem op met zijn mouw. Hij neuriede er bij en het was net alsof er op de achtergrond zachtjes muziek meeklonk. Ik wist ook welke muziek: *I dreamed you* van Anastacia, lawaaierige muziek die helemaal niet bij een opa paste. Levie stopte de koperen olijf terug. Hij liet zijn hoofd tussen zijn schouders zakken en rilde.

'Het wordt hier koud,' zei hij.

Hij trok een deken over zijn knieën en legde zijn hoofd achter tegen de leuning. Ik deed het binnenlampje uit. Het werd donker in de auto. Naast me hoorde ik Nesrin zuchten. We luisterden naar Bruno Levie. Af en toe stokte zijn adem even en dan schoot hij weer met een snork in beweging. Wat later begon hij hardop te praten. Het was weer taal die we niet begrepen. Droomde hij en was hij terug in het Vlinderdal?

Ik bleef een tijdje doodstil zitten. Ik hoorde Nesrin niet meer, maar ik wist dat ze nog wakker was. Ik schoof wat dichter naar haar toe, zoog de geur van roestig ijzer binnen.

'Ben je bang?' fluisterde ik.

'We komen echt wel in Turkije,' zei ze.

'We laten morgen de auto repareren.'

'Het is vast een kleinigheid.'

'Laten we nu ook maar gaan slapen.'

Het begon zachtjes te regenen. De druppels tikten tegen het plastic van het zijraam. Bruno Levie snurkte. *Rozenroest*, dacht ik. Nou heb ik de geur nog niet nagemaakt. Roestig ijzer, remolie en het sap van Zviccynolijven. Ik draaide de rugleuning wat lager en deed mijn ogen dicht. In de tas van Bruno Levie hoorde ik nu heel duidelijk geluid. Het leek alsof er iemand fluisterde. Maar dat kon niet. Ik begon al net als Levie raar te doen: ik hoorde ook stemmen die er niet waren.

12. Een nazarsteentje in mijn hals

'Denk je dat dit het mooiste is: iemand dicht bij je voelen, iemand vasthouden die je lief vindt?'

Ik was koud en rillerig. De deken was van me af gegleden. Ik wist niet hoe lang ik geslapen had. Was ik wakker geworden door een plensbui? Of had Bruno Levie in zijn slaap gepraat? Op het dak tikte de regen. Achter me haalde Levie snorkend adem. Ik rook de zalf onder het verband om zijn hoofd. Ik knipte het plafondlampje aan. Het gaf wat flauw licht, zo weinig dat ik alleen een vage schim naast me zag. De ramen waren van binnen beslagen. Ik veegde er een kijkgat in. Het was buiten zo donker dat zelfs de bomen niet tegen de lucht te zien waren.

Ik hoorde Nesrin niet, maar ik wist dat ze wakker was. Ik voelde met mijn hand opzij. Ze lag met opgetrokken knieën op de stoel, haar gezicht tegen de rugleuning.

'Heb je geslapen?' fluisterde ik.

Een geluid alsof ze hikte. Ik boog me naar haar toe. Ze snoof met snelle ophaaltjes. Het klonk alsof ze huilde. Ik schrok en durfde niet te vragen of het zo was. Haar hand was koud. Ik fluisterde haar naam.

'Nesrin.'

'Het is onzin wat Levie zegt.'

'Over je moeder?'

'Ik kan niet zomaar met haar praten, hoor.'

'Heb je het geprobeerd?'

'Hoe kun je nou praten met iemand die dood is.'

'Als je ogen dicht doet kun je de Zviccyn-vallei toch zien.'

'Maar dan praat ik nog niet met mijn moeder.'

Ze had gelijk. De beelden van vroeger kwamen gemakkelijk in je hoofd. Door er gewoon aan te denken of zoals Bruno Levie het deed: met zijn fluitje. Ik met mijn geuren, Nesrin misschien met de foto van haar moeder. Ik wist dat ze hem meegenomen had uit de wegdroomauto. Zo haal je een herinnering op. Zo moest Nesrin zich haar moeder in de Zviccyn-vallei kunnen herinneren. Hoe die met de andere vrouwen brood bakte, de was deed bij de rivier, water uit de put haalde: al die dingen die ze haar moeder had zien doen tot ze zes jaar was. Je zag wat geweest was, in kleur, bijna echt, een film in je hoofd. Maar wat Bruno Levie bedoelde was meer. Levie zag ook wat niet gebeurd was, maar hád kunnen gebeuren. Hij keek niet terug maar vooruit. Hij had Rachel vanaf haar achttiende jaar ouder zien worden. Toen ze al lang overleden was dus! In zijn hoofd was ze meegegroeid. Ze was een vrouw geworden, een moeder, een oude vrouw. Niets was echt gebeurd, maar het was voor Bruno Levie wel echt.

'Misschien moeten we het leren,' zei ik.

'Praat jij ook wel eens met je vader?'

'Hij leeft nog: hij woont in Zweden.'

'Maar praat je dan met hem alsof hij nu bij je is?'

Ik dacht erover na. Het gold niet alleen voor Nesrin, ook voor mezelf. Als ik kon wat Levie deed, zouden het niet alleen herinneringen zijn. Dan kon ik ook zien wat er gebeurde in een tijd die nooit geweest was, op een plek waar ik nooit geweest was, in Zweden bijvoorbeeld.

Nesrin pakte mijn arm vast. Mijn hand gleed naar haar middel, voelde het stukje bloot tussen broek en shirt. Ze duwde me niet weg.

'Komt je vader weer terug, denk je? Ik bedoel echt, uit Zweden?'

Alsof ze voelde dat ik daaraan had gedacht!

'Vast en zeker. Maar hij komt niet weer bij mijn moeder.'

'Nee, dat weet ik. Dille gaat met míjn vader trouwen, toch?'

'Zo gauw gaat mam niet weer trouwen, hoor.'

'Nou, als ze al samen met vakantie gaan!'

Als Osman met mijn moeder trouwt gaan ze natuurlijk in één huis wonen, dacht ik. Dan werd Nesrin een beetje mijn zus. Dan was ik eigenlijk verliefd op mijn eigen zus.

We bleven een tijdje stil zitten. Nesrin met haar hand op

mijn arm. Mijn arm om haar middel. Ze was zo heel anders dan thuis. Niet zo flink, niet zo brutaal, een beetje iemand die troost zocht. Kwam dat doordat de Volvo stuk was? Omdat ze verdriet had om haar moeder? Mijn hand gleed over haar gezicht. Ik voelde dat het daar nat was. Ze kwam dichterbij en kroop tegen me aan. Haar geur pakte mijn hoofd in, maakte me duizelig. Het was de heerlijkste geur van alle geuren die ik kende. Roestig ijzer, remolie en vast en zeker Zviccynolijven. De handrem stak in mijn been, maar ik wilde het niet voelen. Nog nooit eerder had ik een meisje zo dicht tegen me aangedrukt. Ik wist ineens dat ik nooit iets anders wilde, nooit iemand anders! Het was onzin dat je zoiets nog niet zeker kon weten als je dertien jaar was. Wie durfde dat te beweren? Wat wisten ze van jonge mensen, die ouderen? Ik dacht aan de klaprozen in de Zviccynvallei. Hoe roken klaprozen eigenlijk? Waar groeiden die bloemen bij ons? Nesrin in het klaprozenveld! We moesten naar Turkije. Ik wilde die klaprozen daar zien.

De regen kletterde ineens op het dak en de voorruit. Bruno Levie brabbelde in zijn slaap. Zijn knieën drukten door de stoel heen in mijn rug. Hij sloeg met zijn arm rond en hijgde reutelend.

'O, God, Rachel, waar ben je?' mompelde hij. 'Ik zie je niet.'

De woorden krasten door mijn hoofd. Ik voelde Nesrins lichaam trillen. Arme man, dacht ik, hij heeft nog niet verteld wat er met Rachel is gebeurd. Hoe kon het dat ze maar achttien jaar was geworden? Was ze ziek geworden? Was er een ongeluk gebeurd? Hij had gedaan alsof het fijn was dat hij met Rachel in zijn hoofd kon leven. Maar was dat wel zo? Was het niet juist erg dat hij al zestig jaar alleen van haar kon dromen? Had hij haar niet zijn hele leven gemist? Levies stem brak weer door mijn gedachten heen, schor, benauwd, alsof hij bijna stikte:

'Toe dan, schiet me dood. Nee, je doet het niet, hè? Omdat je weet dat leven erger is dan dood zijn, hè!'

Hij sloeg met zijn hand rond. De tas zwiepte van zijn knieën, de koperen olijf tikte tegen de deur. Hij leek wakker te schrikken. Hij ging ineens rechtop zitten en dommelde even later toch weer in. Het plafondlampje gaf bijna geen licht meer. Ik trok de deken over Nesrins rug. De onweersbui zat nu boven het berkenbos. Een bliksemflits spatte even licht bij ons binnen. Een paar seconden zag ik Nesrins gezicht helder oplichten. Ze kroop nog dichter naar me toe. Haar oogharen kriebelden op mijn wang. Het nazarsteentje gleed tegen mijn hals.

'Ben je daar, Rachel?' riep Levie. 'Wacht, ik kom bij je.'

Ik voelde hoe Nesrin in mijn arm kneep. Haar wang bibberde tegen mijn kin.

'Hij praat met Rachel,' zei ik.

'Hij droomt hardop,' zei Nesrin.

'Er zijn mensen die met de doden kunnen praten.'

'Als je dood bent ben je niet weg, he? Je ziel blijft.'

'Jij kunt ook leren te praten met je moeder, Nesrin.'

'Ik weet niet of ik dat echt wil.'

Misschien had ze gelijk. Was het goed dat te leren? Wat schoot je er mee op? Het gaf je troost als je verdriet had, dat wel. En misschien was Levies verdriet zo groot geweest dat hij zestig jaar troost nodig had. Was het een manier om te verwerken dat iemand dood was? Ik wist het niet precies: mijn vader was weg maar leefde nog wel. Maar je kon toch niet zo blijven dromen. Het was toch niet normaal om zestig jaar iets te zien wat er niet was? Al die tijd had Levie eigenlijk met niemand echt geleefd.

Levie riep weer in zijn slaap.

'Ik ben zo bij je, Rachel. Ben je daar? Niet bewegen.'

En toen ineens was daar een andere stem. Een hoge stem, ver weg. Het leek de stem van een meisje, een jonge vrouw misschien.

'Levie, lieve Bruno, rustig maar.'

Er liep een rilling over mijn rug. Ik voelde hoe Nesrin haar lichaam spande. Ze duwde mijn arm weg.

'Wat was dat, Joeri. Hoorde je dat?'

'Er is niemand. We kunnen niks horen.'

'Het is Rachel, Joeri.'

'Rachel is dood. Het kan niet Nesrin.'

Ik pakte mijn zaklantaarn en scheen even naar achteren. Levie lag met zijn hoofd tegen de rugleuning. Zijn gezicht was opgezwollen en rood, zijn mond stond een beetje open. Hij drukte de tas tegen zijn borst. We bleven roerloos wachten. Ik haalde met kleine beetjes adem. We hoorden de stem van de vrouw niet weer. Hadden we echt iemand gehoord? Hoorde het bij de droom van Levie? Er was geen verschil tussen droom en werkelijkheid, beweerde hij. Hij zag wat er niet was. Kon hij ook horen wat er niet was? Konden wij dat ook?

Buiten begon het hard te regenen. Het ratelde vlak boven ons hoofd op het dak. We luisterden tot de bui overdreef. Ik knipte de zaklantaarn uit. Nesrin legde haar hoofd op mijn schouder. Ik voelde aan haar gezicht. Wat later hoorde ik aan haar ademhaling dat ze in slaap was gevallen. De regen op het dak tikte nog wat na. Levie reutelde maar praatte niet meer hardop. Nesrin bewoog met haar ademhaling mee tegen mijn borst. Eén keer werd ze weer wakker.

'Nesrin,' zei ik.

'Weet je wat dat betekent?' fluisterde ze.

'Je naam?'

'Wilde roos!'

'Een klaproos?'

'Een gewone.'

Ze gaapte en sliep weer verder. Ik bleef wakker. Ik dacht aan jou, pap. Ik zag je in mijn hoofd, ik praatte met je in mijn hoofd. Het was meer dan een herinnering aan wat geweest was. Ik zag je voor het eerst zoals je nu moet zijn. Je haar bij je slapen was grijs geworden. Er waren rimpels in je gezicht die ik niet kende. Misschien weet je nog wat ik je toen vroeg?

'Ik weet nog niet zo veel van het leven als jij, pap. Is dit misschien het mooiste: iemand dicht bij je voelen, iemand vasthouden die je lief vindt?'

En heel duidelijk hoorde ik jouw stem:

'Soms Joeri, hou je zoveel van iemand dat hij er is ook als hij er niet is.'

13. Het beest met de groene ogen

'Zelfs de vlinder moet dood. Het is geen mens, die man.
Het is een beest. Het beest met de groene ogen!'

Het begon al licht te worden toen ik wakker werd. Nesrin sliep nog: ik kon nog even naar haar kijken zonder dat ze het merkte. Ze lag met haar hoofd in mijn schoot. Haar mond stond een beetje open. Tussen de lippen schitterde het wit van tanden. Het nazarsteentje lag in het kuiltje onder haar hals. Mijn been tintelde van de slaap, maar ik bleef toch stil zitten. Ze werd ineens wakker en keek naar me alsof ik iets gedaan had wat niet mocht. Toen trok ze zich aan het stuur overeind. Op de achterbank hoorde ik Bruno Levie kreunen. Hij keek rond en hoestte achter zijn hand. Nu het lichter werd schrok ik nog meer van zijn opgezwollen gezicht.

'Is de auto stuk?' vroeg hij hijgend. 'Komt het wel weer goed?'

Langs zijn oor hing een losse sliert verband. Hij haalde met rukjes adem. Nesrin probeerde de auto te starten. Er kwam nu helemaal geen geluid meer. Ze draaide het sleuteltje een paar keer nijdig heen en weer en kneep in het stuur. Haar knokkels werden wit.

'De accu is leeg,' zei ik. 'We hebben de lampen te lang aan gehad.'

'Als het niet erger is! Ik ga hulp halen.'

Ze trok de zonneklep naar beneden en keek in het spiegeltje. Met een natte vinger veegde ze wat slaap uit een ooghoek.

'Bruno Levie is ziek,' zei ik.

'We moeten wél naar het Vlinderdal,' fluisterde Levie.

Hij drukte de koperen olijf tegen zijn borst. Nesrin deed de deur open en sprong naar buiten. De bomen drupten nog van de regen, maar de zon kwam al op. Ik zag nu pas goed waar we terechtgekomen waren. Om ons heen was overal bos. Alleen naast het zandpad was een meertje. Op een rietpol hadden meerkoeten een slordig nest gebouwd. We renden naar het zandmeer om ons op te frissen. Nesrin ging op haar knieën zitten en gooide water in haar gezicht. Haar haar spoelde als zeewier om haar hoofd. Toen liepen we het zandpad af naar de grote weg. In de richting waar we vandaan gekomen waren hield het bos al gauw op. Zo ver we konden kijken zagen we heideveld. De weg liep er kaarsrecht door, nergens een huis. In de verte het puntje van een kerktoren: het dorpje waar we de politieauto hadden gezien.

'In dat dorp zal toch wel geen garage zijn,' zei Nesrin.

Naar de andere kant maakte de weg een bocht om het bos heen. We konden niet zien hoe het daar verder ging.

'Zullen we die kant op lopen? Als er een weg is kom je bij mensen, dat kan niet anders.'

'Maar we kunnen Levie niet te lang alleen laten.'

We liepen tot de bocht. Toen lag er weer een lange weg voor ons. Ook hier geen huis te zien, geen auto op de weg.

'Het heeft geen zin om zo ver te lopen,' zei ik.

'Hier moeten toch auto's rijden! Waarom is er anders een weg.'

'Het is nog vroeg. Misschien kunnen we straks een lift krijgen.'

We liepen terug naar het zandpad.

'In het dorp kunnen we een garage bellen, Joeri. Of de wegenwacht.'

'Waarom doen we dat hier niet?'

'Zie jij dan een telefooncel?'

'Ik heb een mobieltje in mijn rugzak.'

Ze mopperde niet dat ik er toch een meegenomen had. Maar konden we wel iemand bellen? Iedereen die ons bij de auto zag zou het raar vinden. Ze lieten ons vast niet meer gaan. Op zijn minst zou Levie achter het stuur moeten zitten. We gingen terug om te zien hoe het met hem was. Misschien moest een van ons hulp halen terwijl de ander bij Levie bleef.

De deur van de Volvo stond open. In het zand lag het trommeltje met botersnoepjes. Bruno Levie zat tien meter verder op zijn knieën in de natte bosgrond. We renden naar hem toe en hielpen hem overeind. Hij had het verband van zijn hoofd getrokken. Het lag in een lange sliert op de grond. Op zijn hoofd zag ik bloederige korsten. De huid eromheen was groenig geel. Zijn ene oog was nu zo opgezwollen dat hij er denk ik niet eens meer mee kon zien. De lucht van zalf sloeg mijn neus binnen. Hij liet zich weer zakken en ging met zijn rug tegen een boom zitten.

'Ben je daar?' hijgde hij. 'Ik ga al vast naar het Vlinderdal, hoor.'

'Dat is veel te ver weg,' zei ik.

'Ik heb zo'n dorst.'

Zijn adem schuurde door zijn keel. Er zaten moddervlekken op zijn kleren. De plastic tas lag naast hem, de koperen olijf was eruit gerold. Nesrin haalde een flesje water uit de auto. Levies hand trilde zo dat het water over zijn kleren liep en ik hem moest helpen.

'Mijn borst doet zo'n pijn,' fluisterde hij. 'Heeft hij me geraakt, die soldaat?'

'Er is geen soldaat,' zei ik. 'Het komt van het hoesten.'

Ik trok zijn jas over zijn knieën en stopte zijn handen eronder. Hij wroette zijn ene hand weer los, leunde opzij en pakte de koperen olijf. Nu het licht was zag ik de olijf pas goed. Het leek een grote rugbybal, prachtig gesmeed, overal even rond. In het metaal waren letters gegraveerd, mooie letters met krullen. En erboven was een vlinder op het koper gesoldeerd. Nesrin drukte Levies vinger een beetje opzij en veegde wat modder weg. Ze las hardop:

Rachel Pappelopos
Tiberias 1926 - †Auschwitz 1944

Levie deed zijn ene oog wijd open.

'Rachel,' zei hij. 'Ik moet naar de olijf van Rachel. Wat doen jullie toch met mijn auto?'

'We moeten eerst naar de garage.'

'Duurt dat lang?'

'Ik weet niet wat er stuk is.'

De auto is ook niet het belangrijkste, dacht ik. We moeten een dokter voor Levie halen. Ik zag hoe hij overeind probeerde te komen. Het lukte niet. Hij liet zich terugzakken en rilde.

'Ik ben moe,' mompelde hij. 'En het is hier zo koud.'

'Het wordt straks warmer,' zei ik. 'De zon schijnt al.'

Ik vertelde hem dat het dichtstbijzijnde dorp nog ver was. Dat we bij de weg wilden wachten op een lift. Ik weet niet of hij het begreep. Kwam er weer zo'n aanval van donkerheid in zijn hoofd? Zijn mond gleed een beetje open en hij begon onduidelijk te fluisteren.

'Ben jij Sjoek?' hoorde ik hem vragen. 'Heb je de duiven al gevoerd?'

'Rustig maar, Levie,' zei ik.

Hij schudde met zijn hoofd.

'Jij bent Sjoek niet. Ik zie het wel. Jij bent de soldaat met de groene ogen. Wil je weer dat Rachel voor je danst? Rachel is er niet, hoor.'

Ik trok voorzichtig aan zijn schouder.

'Ik ben het Levie, ik, Joeri, weet je wel.'

Hij sloeg met zijn vuist op mijn arm. De koperen olijf viel op de grond en rolde weg.

'Ga nou verdorie Rachel zoeken,' schreeuwde hij.

Hij was kwaad en duwde mij van zich af. Even later zakte zijn hoofd op zijn borst en dommelde hij in. Hij mompelde in zijn slaap en schopte met zijn benen. Zijn wangen glommen van het zweet.

Ik moet bellen, dacht ik. We kunnen niet langer wachten tot er iemand langs komt. Turkije, het was ineens zo ver weg. We kwamen er nooit met een kapotte auto en een zieke man. Maar als we een dokter belden ging die natuurlijk de politie waarschuwen? Osman, dacht ik, ik bel Osman.

'We moeten hulp halen voor Levie, Nesrin.'

'Hij is erg ziek, hè?'

Levie werd wakker en keek met halfdichte ogen naar ons. Hij begon ineens heel duidelijk te praten.

'Pas op voor de soldaat met het groene oog,' zei hij. 'Hij maakt alles dood. De wormen trapt hij dood. Hij slaat de vliegen met zijn knuppel plat. Hij schiet met zijn revolver op vogels en ratten. En als er geen dieren zijn schiet hij op ons.'

We gingen op onze knieën bij Levie zitten.

'We halen een dokter,' zei ik. 'Doe rustig Levie. Niet zoveel praten.'

De hoest scheurde uit zijn mond. Hij greep naar zijn keel.

'Ik moet het jullie vertellen,' hijgde hij. 'Zelfs de vlinder moest dood. Het was geen mens, het was een beest. Het beest met de groene ogen. Rachel had niet door dat hij het zag. Ze had niet naar die vlinder moeten kijken.'

Zijn hoofd knikte op zijn borst. Uit zijn ooghoek sijpelde nu bloed. Het liep over de opgezwollen wang. Hij veegde er met zijn verbonden hand over.

'Ze ziet niet dat hij eraan komt,' fluisterde hij.

'Ik ga Osman bellen,' zei ik snel. 'Het moet, Nesrin.'

Nesrins ogen sprongen van Levie naar mij. Het deed pijn in mijn borst. Ik wist wat ze dacht. Hoe moest het zijn als je al zo lang iets wilde en het gebeurde weer niet? Wat moest ze tegen haar vader zeggen als we hem belden? Nesrin rende naar het zandmeer en ging daar op haar hurken zitten. Ik ging haar niet achterna, maar ik bleef kijken. Het lange haar maakte een tentje om haar lichaam. Ze stond op en smeet een stok ver het water in. Ik liep naar de Volvo en zocht op de wegenkaart de naam van het dorpje waar we doorgekomen waren. Ik haalde het mobieltje uit mijn tas. Toen ik terug was bij Bruno Levie kwam Nesrin er ook aan. Ik zag dat ze gehuild had.

'Het moet voor Levie.' zei ze. 'Hier heb je Osmans nummers.'

We wisten allebei dat onze reis naar Turkije afgelopen was als we nu belden. Ik wilde iets aardigs zeggen, maar kon geen woorden vinden. Nesrin draaide zich om en liep weer naar het zandmeer. Ik ging op mijn knieën bij Bruno Levie zitten.

'Ga je bellen,' fluisterde Levie. 'Ik weet niet hoe het werkt, hoor. Lebber gaf me er een mee.'

Hij voelde in de plastic tas en haalde er een mobieltje uit.

'Had jij er ook een?' vroeg ik verbaasd.

Hij wilde hem aan mij geven, maar zijn hand zakte. Hij was te moe om hem op te tillen. Ik zag dat het mobieltje aanstond en luisterde even. Had Levie in de tas per ongeluk een nummer ingetoetst? Ik drukte op het rode knopje. Toen pakte ik toch maar mijn eigen mobieltje en belde Osman. Hij nam direct op, alsof hij bij de telefoon had zitten wachten. Hij luisterde, mopperde niet, vroeg niks.

'We praten zo verder,' zei hij. 'We zijn er over tien minuten.'

Tien minuten, dat kan niet, dacht ik, hoe kan Osman hier over tien minuten zijn?

14. Het geheim van de koperen olijf

Ik rook een brandlucht die zich vastbeet in mijn neus,
naar de hoekjes in mijn hoofd sloop.

Ze hadden natuurlijk overlegd. Misschien had mam gezegd dat hij niet moest schreeuwen. Osman begon in ieder geval niet te roepen en maakte geen ruzie. Het leek alsof hij ons gewoon kwam ophalen om köftes te eten. En mam deed ook al alsof er niks aan de hand was. Ik denk dat ze afgesproken hadden om de rollen om te draaien. Mam liep op Nesrin af en sloeg een arm om haar heen. Osman zwaaide even naar Nesrin en kwam op mij af. Hij vroeg snel hoe het met Bruno Levie ging. Toen liep hij naar de boom en boog zich over de oude man. Levie leunde met zijn hoofd tegen de stam, de tas stijf tegen zijn borst gedrukt.

'Hij is doodziek,' zei Osman. 'Hij rilt van de koorts. Hij moet direct naar een ziekenhuis.'

Osman rende naar zijn auto en ging bellen. Hij kwam terug met een deken. Hij legde hem over Levies rug en pakte hem ermee in. Toen tilde hij hem op en droeg hem naar zijn auto. Ik nam de tas met de koperen olijf mee en legde hem naast Levie op de bank.

'Ga naast hem zitten, Joeri. We rijden het bos uit, anders vinden ze ons niet.'

'Kom Nesrin, dan gaan wij een eindje lopen,' hoorde ik mam zeggen.

Ze sloeg een arm om Nesrin en samen liepen ze weg. Ik schoof naast Levie. Ik rook de geur van zalf en bloed. Levie schudde met zijn hoofd en keek me aan met zijn goede oog. De wond op zijn hoofd bloedde. Onder zijn opgezwollen oog zat ook bloed. Osman reed langzaam naar het begin van het zandpad. Hij zette de auto met de neus op de weg en deed de knipperlichten aan.

Bruno Levie hoestte zonder veel kracht. De laatste kuch schuurde weg in een zucht. Hij liet zijn hoofd zakken en leek te moe om het weer op te tillen.

'We wachten op de ambulance,' zei ik.

Levie voelde naast zich naar de plastic tas.

'Rachel komt zo,' fluisterde hij. 'Pas jij op de olijf, je weet wel.'

Hij greep mijn hand vast. Ik voelde door het verband heen dat zijn hand warm was. Ik trok voorzichtig zijn stijve vingers los.

'Ik zal de olijf voor je bewaren,' zei ik.

Ik klopte hem op zijn arm. Hij hoestte weer. Ver weg hoorden we de sirene van een ziekenauto. Hij wroette onder zijn jas.

'Rachel,' fluisterde hij.

Hij zocht in zijn binnenzak. Zijn vingers haalden het fotomapje tevoorschijn. Ik hielp hem het open te doen. Hij bekeek de gekreukelde foto's. Voor in de auto deed Osman of hij er niet bij was. Levie had ineens kracht voor meer woorden.

'We zouden elkaar weerzien bij de olijf,' zei hij. 'Ik wist direct dat de wens niet uitkwam. Het beest met de groene ogen was de baas.'

Hij hijgde. Het fotomapje zakte op zijn knie.

'Die soldaat,' zei ik. 'Hij heeft Rachel doodgeschoten, he?'

'De vrouwen zaten aan de andere kant van het gaas,' fluisterde Levie. 'Ik kon haar niet helpen. O, mijn God, altijd weer datzelfde beeld. Ze steekt haar hand uit naar de vlinder. De soldaat achter haar. De hand die omhoog gaat. De revolver...'

De schouders van de oude man schokten. Osman boog zich naar achteren en legde een grote hand op Levies knie. We bleven alledrie stil zitten tot de ambulance naast Osmans auto stopte. Twee broeders sprongen eruit. Ze legden Levie op een brancard en schoven hem de auto in. Osman praatte nog even met ze. Het blauwe licht op het dak spatte rond toen ze wegreden. We keken de ambulance na. Toen reden we langzaam terug. Osman stopte bij de Volvo en ging even achter het stuur zitten. Hij haalde de sleutels uit het contactslot.

'Een vastloper,' zei hij. 'Je ruikt zo de verbrande olie. Het koelsysteem is bij de botsing in de tunnel natuurlijk al lek geraakt. Hebben jullie de zoete geur van antivries niet geroken? De motor is in de soep gedraaid, hoor!'

Mam en Nesrin zaten aan de rand van de zandweg. Ze keken naar de meerkoet die rondjes peddelde in het zandmeer. We stopten vlak bij ze en stapten uit.

'Is hij weg?' vroeg mam. 'Wat erg, zo'n oude man.'

'Longontsteking,' zei Osman. 'Dat is gevaarlijk op zijn leeftijd. Ze brengen hem naar het ziekenhuis.'

'En zijn oog,' zei mam, 'komt dat wel weer goed?'

'Dat oog lijkt erger dan het is,' zei Osman. 'Veel erger is de wond van binnen.'

'Die zit er al zestig jaar,' zei ik.

Osman stond wat ongemakkelijk te zwaaien op zijn benen. Gek eigenlijk: die grote kerel met zijn wilde bos haar, je zag zo dat hij niet goed naar Nesrin durfde te kijken. Hij deed een stap naar voren en stak zijn armen uit, maar het leek alsof hij van zichzelf schrok. Hij draaide met zijn schouders en stopte de handen weer in zijn zak.

'We hebben jullie snel gevonden,' zei hij. 'We reden al in het dorp toen jullie belden.'

'We waren ongerust.' zei mam. 'We zijn direct gaan zoeken.'

'Hoe wisten jullie waar we waren?' vroeg ik, maar eigenlijk interesseerde het antwoord me niet eens. Ik dacht aan Bruno Levie. Aan het verschrikkelijke wat gebeurd was.

'Op Nesrins kamer lag een kaart,' zei Osman. 'En de moeder van Lebber belde ons. Lebber is de buurjongen van die oude man, hè.'

Ik luisterde maar half. Wat voor zin had het nog het te weten? Osman dacht dat die Lebber een slim jongetje was. Hij had een ingeschakeld mobieltje in Levies tas gedaan. Zo kon hij horen wat wij in de auto zeiden. Ik had de dorpen genoemd waar we door kwamen. En die moeder had geloof ik ook nog geprobeerd met Levie te praten.

'We gaan naar huis,' zei Osman. 'Ik haal morgen die Volvo wel. En dan gaan we meteen door naar het ziekenhuis.'

Ik zat met Nesrin achter in Osmans terreinwagen. We reden een half uur zonder dat iemand iets zei. Osman had een paar keer zijn keel geschraapt en dan schrokken we. Toen ineens baste zijn stem veel te luid door de auto:

'Ik heb wel een foto van haar. Jij denkt dat ik *annem* vergeten ben, hè. Je denkt dat ik nooit aan haar denk.'

Hij wreef met een vuist door zijn haar.

'Ik kan er niet over praten. En jij wilt altijd praten. Ik denk nog elke dag aan haar. Maar geen foto's, Nesrin, ik wil geen foto's zien. Dan zit ze de hele dag in mijn kop.'

Nesrin drukte haar lippen stijf op elkaar en staarde naar haar voeten.

'Daarom stel ik Turkije steeds uit,' zei Osman, veel zachter nu. 'Ik ben bang voor alles wat ik daar terug zie. Maar misschien is het niet goed. Ik beloof je: we gaan direct naar Turkije. Volgende week gaan we.'

'Volgende week is niet direct,' zei Nesrin.

Osman gaf een ruk aan het stuur en zuchtte diep.

'Wacht nou even, meidje! Lieve schat, jij moet altijd zo snel, jij! We hebben ook die oude man, toch.'

'In ieder geval volgende week,' zei mam. 'Ik sleur hem naar het vliegveld als hij niet zelf gaat. Maar ik blijf hier. Dit is iets voor jou en je vader, Nesrin.'

We reden het laatste stuk wat opgewekter. Osman informeerde naar Bruno Levie. Wij vertelden van de koperen olijf, van het Vlinderdal en het huis van Sjoek. Ik haalde de olijf uit de tas en hield hem omhoog.

'Hij is prachtig,' zei mam. 'Nou zie je maar Osman, niet elk kunstwerk hoeft twintig meter hoog te zijn.'

Toen we het terrein van Osman Ockers' Sloop- en Recyclingbedrijven B.V. opreden was het al bijna weer zoals vroeger. Osman schoot de keuken in om nog wat broodjes te maken. Ik ging met Nesrin naar haar kamer. Aan de wand de foto's van de Rode Rivier en de bergen met sneeuw.

'Je vader gaat nu echt,' zei ik. 'Daar zorgt mam wel voor, Nesrin. En met Osman gaan is eigenlijk toch beter dan in die oude Volvo.'

'Dan ben jij er niet bij, hè?'

'Mam heeft gelijk: jullie moeten samen gaan. '

'Zo gauw ik in Turkije ben pluk ik olijfblaadjes.'

'Waarvoor dan?'

Maar ik wist best wat ze bedoelde. Ik greep haar hand vast.

'Ik weet hoe ik de *Rozenroest* moet maken,' zei ik. 'Het ging niet om een Zviccyn-olijf. Ik had het kunnen weten: er moet gewoon het sap van een klaproos bij. Je bent bij me als je weg bent, Nesrin. Dat heeft Levie ons geleerd.'

'Mist er echt niks meer voor de geur in het potje?'

Nesrin moest lachen. Ze kroop naar me toe.

'Ruik nog maar even de echte geur nu ik hier nog ben,' zei ze.

Het was al laat toen ik naar beneden ging. Ik zag dat er nog licht brandde op Osmans kantoor. Hij zat in zijn bureaustoel voor de kast met dingen die hij in sloopauto's gevonden had. Voetbalvaantjes, heksen op een bezemsteel, beertjes en andere troep die mensen aan de achteruitkijkspiegel hangen. Ik wilde hem vragen of hij de koperen olijf in de kluis wilde leggen. Hij nam het kunstwerk van me over. Zijn vingers gleden over het gladde koper, over de vleugels van de vlinder.

'Het is prachtig. Vakwerk! Het is een grafmonument, zei je?'

Hij hield de olijf in een uitgestrekte hand en bekeek hem. Toen schudde hij hem bij zijn oor.

'Er zit wat in,' zei hij.

Hij schudde nog eens. Ik hoorde iets ritselen.

'Als er wat in zit kan hij open.'

Osman drukte de olijf tegen zijn borst en legde zijn hand om het bovenstuk. Ineens draaide hij de kop los over schroefdraad. Het had zo strak vastgedraaid gezeten, dat de naad niet eens te zien was. Het leek nu een groot ei, waar het kapje afgeslagen was. Osman hield hem scheef. Er gleed een gulp fijn zand, poeder bijna, in zijn hand. Ik rook een brandlucht die zich vastbeet in mijn neus, naar de hoekjes in mijn hoofd sloop.

'Wie stopt er nou zand in zo'n olijf,' zei ik. 'Is het om hem zwaarder te maken?'

Osman keek mij aan. Er was veel wit in zijn ogen.

'Of is het geen zand?' vroeg ik. 'Het is toch geen bom?'

Osman draaide de kap er weer op. Zijn stem trilde een beetje.

'Weet je wat dit is?' zei hij. 'Dit is een urn, man! Met de as van een mens. Daar kun je zo maar niet mee rondlopen, Joeri.'

Er kroop een koude hand naar mijn keel.

'Rachel,' fluisterde ik, 'het is Levies vrouw. Nou snap ik wat hij ermee wilde.'

Osman stond op en deed de kluis open. Heel voorzichtig legde hij de koperen olijf in de kluis. De brandlucht bleef in het kantoor hangen. Zo ruikt een verbrand mens dus, dacht ik.

15. *Mensen zijn postduiven, pap!*

*'Ik weet zeker dat je hier terugkomt. Bruno Levie zegt
dat mensen postduiven zijn, die altijd weer terugkomen
op het nest.'*

Ik zit op mijn kamer en kijk uit het raam. Aan de andere kant
van het kanaal rookt nog steeds hooi. De boer prikt er met
een hooivork in en schudt het los. Mam is naar de muziekschool. Op Osmans sloopterrein ligt alles stil. Je had natuurlijk al begrepen dat Osman met Nesrin naar de Zviccyn-vallei is. Op de parkeerplaats naast de rode Volvo staat een
stuk van het grote standbeeld. Je wilt het niet weten pap: het
is een bil van mam! Osman heeft er zes motorkappen van
afgedankte Mazda's voor gebruikt. Hij is ook al begonnen
met een sluier van geponst koper. Vlak voor hij wegging zei
hij dat mam ook nog een mooi Turks hoofddoekje krijgt.
Maar dat was een grapje. Hij maakt nog wel van tandwielen
een stralenkrans boven haar hoofd. Dan is onze mam een
soort Heilige Maria.

Ik pak het flesje Desertfresh. Waarom moet ik toch zoveel
aan jou denken, pap? Komt dat doordat Nesrin haar moeder
zoekt? Komt het door Bruno Levie? Het lijkt alsof iedereen
iemand kwijt is. Jij eigenlijk ook, jij bent mam kwijt. Ik
schroef de dop van het flesje en hou mijn neus erboven. Ik
doe mijn ogen dicht. Ik zie je weer heel scherp, pap, zoals
Bruno Levie het ons geleerd heeft. Je komt de kamer binnen
en gaat in de vensterbank zitten. Je hebt de blauwe coltrui
aan die je vroeger droeg als we gingen schaatsen.

'Weet je nog hoe ik je leerde schaatsen?' vraag je.

Natuurlijk weet ik dat. Eerst achter een stoel, toen aan
jouw hand. Op het kanaal achter het sloopterrein van
Osman was het. Osman Ockers' Sloop- en Recyclingbedrijven B.V. was toen nog gewoon een garage. Niemand had nog
van Nesrin gehoord. Ik heb je nu alles van haar verteld. Nou
ja, alles, je weet nog niet dat ze kampioen rolschaatsen is, dat

ze de bruine band judo heeft en dat ze postzegels van Turkije verzamelt. Maar dat is allemaal niet belangrijk. Belangrijk is wel dat je weet dat Nesrin en ik bij elkaar horen.

Osman zal haar in Turkije laten zien wat er nog over is van vroeger. Heel veel is dat natuurlijk niet: het stuwmeer heeft zoveel opgeslokt. Het hele dorp waar Osman geboren is, ligt op de bodem van het meer. De plekken waar Nesrin speelde, het land waar de schapen van haar grootvader rondliepen, de schuur waar Nesrins ezeltje sliep. Ik denk dat Osman gelooft dat Nesrin er niet meer heen wil als ze gezien heeft hoe moeilijk het leven daar is. Dat er ook zo weinig meer van vroeger over is. Mij kan het niet schelen. Hier of daar, als ik maar bij haar ben.

'En Bruno Levie?' vraag je. 'Die oude man met die urn. Hoe is het met hem afgelopen?'

Bruno Levie ligt nog in het ziekenhuis. Gisteren ben ik nog bij hem geweest. Hij heeft mij het vlinderfluitje gegeven. 'Ik was bijna dood,' zei hij. 'Maar dat mocht nog niet, hè. Ik moet nog even verder. Ik moet de belofte aan Rachel nog inlossen.'

Ik heb hem verteld dat de koperen olijf op Osmans kantoor in de kluis ligt. We zullen hem heel goed bewaren tot Levie weer beter is. Misschien kan Levie hem toch nog zelf naar het Vlinderdal brengen. En anders zal Osman het doen. Levie heeft alles met Osman besproken, ook dat ze hem cremeren als hij niet meer beter wordt. Joodse mensen willen nooit gecremeerd worden, maar Levie wel, omdat ze Rachel ook verbrand hebben.

'Dat is het ergste wat ze gedaan hebben,' zei Osman en deze keer was zijn stem heel zacht. 'Ze hebben die mensen in het concentratiekamp niet alleen vermoord. Ze probeerden ook elk spoor van hun bestaan uit te wissen. Door ze te verbranden pakten ze de joden de hoop op de opstanding af.'

Ik weet nu ook dat de as in de koperen olijf misschien niet eens van Rachel is. Levie is een jaar geleden naar Polen geweest. Hij heeft grond meegenomen van de plek waar de as gestort werd. Een beetje symbolisch dus, want niemand weet zeker of er stof van Rachel bij is.

Je buigt je hoofd, pap. Je nagel glijdt door een gleuf in de vensterbank.

'Kom,' zeg je. 'Zullen we langs het kanaal lopen?'

Je wijst naar buiten, naar het stuk standbeeld.

'Die malle Turk zit zeker nog steeds achter je moeder aan,' zeg je. 'Tussen Dille en mij wilde het niet helemaal lukken, Joeri. Ze wil mij niet meer zien, hè? Helpt het als jij olijvenblad voor mij onder haar kussen legt?'

Ik zie ineens dat je een moedervlek op je voorhoofd hebt, pap. Net als ik! Je kijkt naar mij en je glimlacht.

'Is er ook een geur die bij jou past?' vraag je. 'Elk mens heeft toch zijn eigen geur, net als een vingerafdruk? Kan ik die van jou niet meenemen naar Zweden? Want je weet toch: je bent en blijft mijn zoon. Jij zit altijd in mijn hoofd. Dat moet je niet vergeten. Ook in Zweden, ook als ik niet bij je ben.'

Ik loop naar het raam. Ik steek mijn hand uit naar jou. En dan leg ik mijn hoofd tegen je borst. Dat heb ik nog nooit eerder gedaan.

'Nog even en ik ben net zo groot als jij, pap. Ik weet zeker dat je hier terugkomt. Bruno Levie zegt dat mensen postduiven zijn, die altijd weer terugkomen op het nest.'

Je strijkt over mijn haar.

'Verdraaid, Joeri, ik ruik je,' zeg je. 'Je ruikt naar grenen hout. Die geur als je zo'n plank doorzaagt.'

Beneden hoor ik de auto van mam.

'Mams uitvoering is volgende week,' zeg ik. 'Zal ik vlak voor de voorstelling aan het flesje *Desertfresh* ruiken? Dan zie ik je, dan bén je er en maak je het concert ook mee, pap! Mam speelt in de open lucht. Ze zijn al bezig het podium te bouwen. Op vlotten in het water voor het station.'

Mam komt de trap op. Ze klopt op de deur en komt binnen. Ze heeft haar jas nog aan, de autosleutels in haar hand. Mijn ogen schieten naar het raam. Waarom ben je nou ineens weg, pap?

'Wat zit je hier te dromen?' zegt mam. 'Denk je aan Nesrin?'

Ze gaat op de rand van mijn bed zitten.

'Osman vertelde me dat je Nesrin kunt zien als je aan een van die potjes van je ruikt.'

'De geur van roestig ijzer,' zeg ik. '*Rozenroest*.'

Ik vertel mam niet dat Nesrin elke avond dat ze er niet is bij me is. Dan zie ik haar, niet zoals het vorige week was, maar zoals het zál zijn. We praten over de Zviccyn-vallei, de klaproosweiden, de berg waar de ark van Noach ligt. En als het al laat is komt ze bij me in bed. Wat is ze mooi. Ze glijdt in mijn armen. Ik streel haar schouders, het lange haar
. 'Nesrin,' fluister ik, 'wilde roos, klaproos uit de Zviccyn-vallei.'

'Wat zeg je nou?' vraagt mam.

Ze staat op. Ze doet haar tas open en haalt er een envelop uit.

'Er is een brief voor je,' zegt ze. 'Je hoeft mij niet te zeggen wat erin staat, hoor.'

Ze doet net alsof het haar niet interesseert. Maar ze blijft op de drempel staan kijken hoe ik de brief openmaak. Mijn naam staat met grote letters op de envelop. Rechtsboven zit een vreemde postzegel. Er staan rendieren op met brede geweien. Het is een brief uit Zweden.

Personen en tijdsoverzichten

Joeri Holmer verteller van het verhaal
1992   geboren in Amsterdam
1998   verhuisd naar Groningen

Nesrin Özkizçim vriendin van Joeri
1992   geboren in Mucur, Turkije
1998   verhuisd naar Nederland

Bruno Levie koper- en zilversmid
1922   geboren in Griekenland
1938 - 1943   kopersmid in Athene, Griekenland
1943 - 1945   concentratiekamp
1946 - 1985   koper- en zilversmid in Haifa, Israël
1985   verhuisd naar Groningen, Nederland

Rachel Zakpucci verloofde van Bruno Levie
1925   geboren in Tiberias, Israël
1935 - 1943   woonachtig in Groningen, Nederland
1943 - 1944   concentratiekamp

**Osman Özkizçim vader van Nesrin, autosloper
en beeldhouwer**
1958   geboren in Kayseri, Turkije
1976 - 1982   kok in Ankara, Turkije
1982 - 1990   kok in Amsterdam
1990   autosloper en beeldhouwer in Groningen
1998   Osmans vrouw in Turkije sterft;
            Nesrin naar Nederland

Dille Prinsen moeder van Joeri, klassiek pianiste
1960   geboren in Amsterdam
1988   getrouwd met Thor Henderson, Joeri's vader
1998   gescheiden en met Joeri verhuisd naar Groningen

Interview met Harm de Jonge

Harm de Jonge woont in de Bevervallei, een idyllisch natuur-gebied op het Groningse platteland. In de velden broeden fazanten, op de oprijlaan staat de rode Volvo uit De geur van roestig ijzer. Zonder krassen, glimmend als een kers. Hij is eigendom van Dineke, Harms vrouw, die er al vijftien jaar in rijdt. 'Mijn zoon noemt hem altijd de tank, vanwege het gebrom,' vertelt Harm lachend.

Harm werd geboren in 1939, vlak voor het uitbreken van de oorlog. Hij herinnert zich nog de komst van vliegtuigen: 'Mijn vader rende met mij weg naar een schuilkelder, ik hing aan zijn hand en viel.' De eerste jaren bracht hij door op het water, als schipperskind. Toen hij zes jaar oud was, had hij half Europa al gezien. 'Daarna begon de ellende. Ik moest naar school en kwam terecht in verschillende pleeggezinnen. Ik heb me nooit ongelukkig gevoeld, maar een beetje vreemd was het natuurlijk wel, om als klein kind zo lang bij je ouders weg te zijn.'

Al jong begon Harm met het maken van boeken. Met een vriend kocht hij biologieboeken. Hij knipte de plaatjes eruit en schreef daarbij zijn eigen verhaal. Later, op de middelbare school, volgde het echte werk als redacteur van de school-krant. Na zijn studie stond hij vijfentwintig jaar lang voor de klas, als leraar Nederlands. Daar begon het schrijversbloed pas echt te kriebelen. 'Vaak dacht ik: 'Dit kan ik ook, dit kan ik beter!''

Het idee voor zijn allereerste jeugdboek, Steenkuib is een rat (1989), ontstond in een Havo-klas. Op de voorste bank zat een niet zo knappe jongen met flaporen, die verliefd werd op het mooiste meisje van de klas. Harm verpakte hun liefdes-geschiedenis in een spannende thriller. 'Ik dacht: als het niks

wordt met die twee, dan vinden ze elkaar toch in het boek.'
Iedereen op school was razend enthousiast, op de directeur
na, die in het boek flink op de hak genomen wordt.

Na dit debuut volgde een dikke stapel jeugdromans: spannende, psychologische verhalen over jongens die worstelen
met liefde, vriendschap en trouw. Aan meisjes waagt hij zich
zelden. 'Die staan bij mij op een voetstuk. Ze zijn heel mooi,
en komen uit verre landen als China, Mexico of Turkije.'
Veel van zijn verhalen gaan over oorlog en afscheid nemen.
Vaak is er een vleugje mysterie, of spelen zonderlinge perso-
nages de hoofdrol. Zoals Jorre, een eigenaardig kereltje met
een enorm hoofd en een lichaam als een augurk. Hij droomt
over het Vogeleiland, het eiland waar Vogelmensen wonen in
de rotswand. 'Veel mensen leiden niet zo'n gelukkig leven',
denkt Harm. 'Een fantasiewereld biedt troost.'

Ook Jesse 'ballewal-tsjí (1998), een van Harms meest dier-
bare boeken, gaat over een bijzonder jongetje. Terwijl boven
de stad de vliegtuigen ronken, leeft Jesse verscholen in een
kelder en droomt zijn eigen hemel. Hij is vastbesloten om
later vuurspuwer te worden in Marrakas. Harm droeg dit
oorlogsverhaal op aan zijn moeder. 'Ik schreef het terwijl zij
in het ziekenhuis lag. Toen het heel slecht met haar ging,
heb ik het eerste exemplaar met een koerier laten overkomen
uit Amsterdam. Op het moment dat ze het boek zag, kreeg ze
een opleving. Ze heeft daarna nog drie maanden geleefd.'

www.harmdejonge.nl

Boeken van Harm de Jonge

Het Peergeheim

Peer kan prachtig saxofoon spelen en heeft een fotografisch geheugen. Maar mooi is hij niet. Als hij tot over zijn oren verliefd wordt op Beryl, heeft hij weinig succes. Gelukkig heeft Peer een rijke fantasie. Die komt hem goed van pas als hij ernstig ziek wordt. Als hij weet dat hij zal sterven, verzint hij verhalen over Attalant. Een eiland dat zo mooi is, dat iedereen er naar verlangt.

Tijgers huilen niet

Jonie en Siem zijn op het schoolplein aan het kaarten. Plotseling komt er een vreemde jongen die graag wil mee-doen. Brakker draagt een pet en heeft zakken vol geheimzin-nige spullen: een Napoleon-soldaatje, een sneeuwknikker. Bovendien is hij een kei in vreemde verhalen. Hij vertelt over mensen met een luikje in het hoofd, mensen met slurfneuzen en krokodillenhoofden. Tijgers huilen niet vormt met Jesse 'ballewal-tsjí en De circusfietser een driedelige serie over vriendschap.

Jesse 'ballewal-tsjí'

In het laatste jaar van de oorlog leert Rogger Jesse kennen. Hij ziet hem rennen, met blote benen in veel te grote schoe-nen. Rogger volgt hem naar de Zwarte Oost, de buurt die in puin ligt, waar de mensen wonen met de zwarte ogen. Samen brengen ze lange uren door in Jesses kelder. Terwijl buiten de soldaten naar hem zoeken, vertelt Jesse wonderlijke verhalen. Over Marrakas, een land waar je kunt smullen van gember-ballen, worstenbroodjes en suikerspinnen.

Vlag & Wimpel Griffeljury

De gouden golf

Jork en Moena hebben vakantie. Ze vullen hun dagen met zwemmen achter de zandbank en brengen bezoekjes aan Gruis, een oude man. Gruis is mopperig. Het is te heet en te droog op het eiland en hij vertrouwt het niet. Gruis is bang voor een 'tril'. Jork en Moena geloven er niks van. Tot er een zwerm geheimzinnige vlinders op het eiland neerstrijkt. Voor De gouden golf verzamelde Harm de Jonge jarenlang merkwaardige stukjes uit de krant. Hij reeg ze aaneen tot een dreigend verhaal.

De circusfietser

Als de oorlog voorbij is, komen er vreemde kinderen in Hommes straat. Ze komen uit de hongerstad, en hebben grauwe gezichten en bange ogen. Alleen Joeke is anders. Hij fietst op zijn eenwieler, op een touw hoog boven de grond. Net als zijn ouders, die circusfietsers zijn in Mexico. Joeke is nooit bang. Met zijn glazen vogeltje uit Mexico kan hij immers niet doodvallen.

Vlag & Wimpel Griffeljury

Vleugels voor Jorre

Jorre Luiten is anders dan andere kinderen. Hij heeft een enorm groot hoofd, korte beentjes en kan na een paar maanden al lopen, klimmen en praten. Jorre is onafscheidelijk van Bonnie, zijn buurmeisje. Urenlang zitten ze op de Blauwe Klif en kijken uit over zee. Daar, in de verte, ligt een eiland waar het Vogelvolk woont. Jorre schrijft de Vogelmensen geheime berichten, die hij met zelfgeknutselde luchtvoertuigen naar het eiland stuurt.

Genomineerd voor de Gouden Uil

De Peperdans van Panzibas

Manne Mens zit aan de waterplas en zuigt op zijn peper-muntje. Alleen zo hoort hij de dieren van de plas met elkaar praten. Het sombere gebrom van Mors Mol, het geklapwiek van Bluebel Libel en de zachte verzen van Duif. Er wordt veel gekletst over liefde, geluk en vooral over het land na de eindstreep. Want als je dood bent, kom je in Panzibas. Een boek vol piekergedachten en verzinwoorden, met sfeervolle tekeningen.

Genomineerd voor de Gouden Uil

KidsWeek

Dit boek is uitgegeven in samenwerking met *KidsWeek*, een weekkrant voor jonge mensen zoals jij. In *KidsWeek* vind je het laatste nieuws uit Nederland en de rest van de wereld, maar ook veel informatie over sport, muziek, dieren, boeken, televisieprogramma's, computergames, te veel om op te noemen. Kijk op www.kidsweek.nl om een goede indruk te krijgen. Je kunt daar ook een abonnement nemen. *KidsWeek* abonnees krijgen 4 keer per jaar gratis een boek uit de Kidsbibliotheek toegestuurd. Misschien dus tot *KidsWeek*! Vraag een gratis proefexemplaar aan op www.kidsweek.nl/proefexemplaar

De Lemniscaatkrant –
een boekenkrant voor jongeren

Voor kinderen die meer willen lezen over boeken is er *de Lemniscaatkrant*, de enige echte boekenkrant voor jongeren. De krant verschijnt 4 keer per jaar en wordt voor het grootste deel door een jongerenredactie geschreven.

In de krant staan:

- interviews met auteurs & illustratoren (handig voor spreekbeurten!)
- boekrecensies
- puzzels en wedstrijden waarmee je boeken kunt winnen
- verhalen, gedichten en brieven van lezers
- bonnen waarmee je boeken met korting kunt kopen

4 GRATIS BOEKEN BIJ DE LEMNISCAATKRANT

Maar dat is nog niet alles. Als je een abonnement neemt op *de Lemniscaatkrant* ontvang je de boeken die in de Kidsbibliotheek verschijnen gratis bij de krant. Voor € 9,50 heb je dus niet alleen een jaarabonnement op *de Lemniscaatkrant*, maar ook nog eens vier mooie boeken (o.a. van Harm de Jonge, Paul Biegel en Lieneke Dijkzeul). Zo ben je voordeliger uit dan wanneer je de boeken los koopt in de winkel (€ 3,95 per stuk).

WELKOMSTGESCHENK

Nieuwe abonnees van *de Lemniscaatkrant* ontvangen een welkomstpakket met daarin het schrijversboek met tips van o.a. Simone van der Vlugt, Anke de Vries en Lieneke Dijkzeul hoe je zélf een verhaal kunt schrijven.

HOE NEEM JE EEN ABONNEMENT?

Het makkelijkste is naar www.lemniscaat.nl te gaan en daar door te klikken naar 'Lemniscaatkrant'. Daar staat precies hoe je een abonnement kunt nemen. Je kunt ook contact opnemen met Lemniscaat en vragen naar een folder met informatie over de krant (info@lemniscaat.nl)

Kijk voor een voorproefje van de krant op www.lemniscaatkrant.nl